U0554142

张小娴

著

我的爱如此麻辣

人民文学出版社

你现在离我有十万八千里远吧？还是更远？这些信，要是没寄出去的话，写给你，也就是写给我自己。

浩山：

这一刻，你会不会皱着眉头，心里觉得很奇怪，从来不写信的我，为什么竟会在你离开一年之后拿起笔写信给你？

你现在离我有十万八千里远吧？还是更远？这些信，要是没寄出去的话，写给你，也就是写给我自己。

距离那么远，任凭我的想象力多么丰富，你去的那个非洲小国始终有点不真实，给你写信，就好像我是躺在非洲蛮荒的大片草原上，跟你两个人，像我们小时候，也像从前一样，无拘无束，无边无际地说着话，分享着彼此的秘密，然后，也许只记得那些秘密，却忘了大部分说过的话。直到许多年后的一天，尽管我们已经各散东西，想起当时的对话，我们还是会微笑或是沉思。

可是，假使这一切到头来只是我一个人在唱独角戏，你没回信，那我只好猜想你已经不幸成为狮子腹中的大餐或是给非洲食人族吃掉。（我不知道哪样更惨？）你永远收不到我的信，而不是你再也不想跟我有任何瓜葛。（虽然我能够理解你的理由。你实在有一千个理由不再理我。）

我是不是又在自我安慰了？还是你正在心里咕哝：

"她这个人还真够无赖，她一直都是个无赖。"

怎么都好，写信给一个断绝了一切现代通讯工具的人，本来就有点像自说自话的吧？

五个月前，父亲离开了。

那时候，我绝对没法想象我可以这样平静地告诉你，甚至还能够坐在这里跟你说笑。

出事的那一天，火锅店午夜打烊之后，他一如往常地徒步回家。回家的寂静的路上，这个世上最爱我的、陪伴了我二十四年的男人孤零零地昏倒在路边，从此没有再醒过来。

等我见到他的时候，是在医院的太平间，苍白的身躯上覆着一件灰蓝色的旧夹克，那是他中午离家时穿的，左边脸颊的瘀伤是昏倒时造成的。

我到现在还是不能相信他离开了我。他才只有五十九岁，外貌看上去要比他的年纪年轻许多，虽然个子不高，却也英俊潇洒。呵呵，我是不是有点恋父？可惜，我的眼睛、鼻子和嘴巴全都不像他，没他长得好看。遗传这东西真会作弄人啊！

父亲是死于脑部一个像气泡般微小的血管瘤破裂。这个病，事前毫无征兆，在短短一瞬间就可以夺走一个人的生命。我可怜的父亲根本不知道他脑袋里长了一个随时会把他炸掉的小气泡。后来，我常常想，那个充血的气泡"啵"的一声破裂的时候，也许就像粉红香槟里飘散的幻灭的泡沫，那么美丽，谁又会想到它是来谋杀你的？

我母亲爱死粉红香槟了。我喝的第一口酒就是它。那年我九岁，父母让我自己捧着一只冰凉的长脚杯尝尝那酒的滋味。瞧瞧他们到底怎么当父母的？竟然让一个小女孩喝酒而不是橘子汁。

等我长大到可以喝酒的时候，我老是拿这件事情来埋怨我的父亲虐待我，我们父女俩偶尔会在吃饭时开一瓶"酪悦"粉红香槟,喝着酒,纪念我早逝的母亲。

但是,从今以后,我再也不会想喝它了。

七月底那个尘烟漫漫的星期四,父亲被放到一口墓穴里,工人在他身上覆盖厚厚的泥土,把他埋骨在他妻子身畔。我的父母以这种形式长相厮守。从那天起,我彻底成为一个孤儿。

那天的烈日晒得我头昏昏,我穿在身上的丧服、我的皮肤、我的头发、我的眼睛,全都被汗水湿透。你一定在想,我这个爱哭鬼当时肯定哭得死去活来吧?你是不是也在为我和我父亲掉眼泪?他是那样喜欢你。

我没哭,我很气他把我丢下。他为什么不好好给我活着?至少也该为我活到一百岁。

我是那样无情,冷静得超乎我自己想象。那时候,我最不想听到的就是别人的安慰,那些了无新意的安慰,在我十岁那年已经听得太多了。谁又能够体会我的感受?我骄傲地拒绝他们的怜悯,宁可摆出一副坚强的模样。

离开墓地,来送葬的父亲的朋友跟我和店里的伙计们坐上一辆车子,车子驶下蜿蜒曲折的山路,开往酒家。在那儿,我们吃了一顿沉默无声的午饭。那是生者与亡者永远的道别,也象征送葬的人洗净身上的尘灰。

为什么就连死亡也离不开吃?这种时候,谁还会想吃东西?

要是有天我死了,看到有谁在我刚刚下葬后就开怀大嚼,我铁定会回来扒了他们的皮。

从酒家出来,牛仔哥、猪仔哥和番薯哥他们几个一直走在我身后,等着我说些什么,却又害怕不小心说错话触痛了我。

"明天见。"我回头跟他们说。

可我不知道,没有了父亲的火锅店,又能够做些什么?

父亲死前的两个星期,我刚刚辞去旅行社的工作。让火锅店继续开门营业,只是因为我不知道接下来怎么办。要是日子可以一直拖延下去,我不想去想明天会怎样。除了家里,那是我唯一可以去的地方。我无法一个人待在家里。

每天大部分时间,我把自己关在父亲平日用来办公的狭小的食物储存间里,直到夜深,我独个儿回到家里,喝点

睡衣。冬天这么穿,实在是太温暖了,穿着它睡觉让我相信自己还是有童真,我喜欢这样奔向梦乡。

抑或,我眷恋的是那份伴随着童真的脆弱?

今天累垮了,很想扑上床睡觉。我在父亲的账簿里发现了一个秘密,很快会再写给你。

今天是除夕呢。马拉维的除夕不知道是啥样子的。我这个地理盲直到现在也弄不清楚你去的非洲马拉维到底在什么地方。你肯定它是在这个地球上的吗?

穿史努比睡衣的小孤女　夏如星

二○○七年十二月三十一日

浩山：

我最近差不多都是清晨四点才爬上床睡觉，睡前还爱吃点东西，我觉得我都快要变成一只猪了。

三毛在《撒哈拉的故事》里写道，胖女人在非洲代表美丽，要是我现在到非洲来，会不会成为大受欢迎的美女？这样也好，万一哪天我变成有几层下巴的大胖妞，至少还可以远走非洲。

我发觉，我对非洲所有的认识都是来自三毛的书，初中的时候很迷她的书，梦想要成为像她一样的作家，穿着飘逸的白色长袍，骑着骆驼在黄昏时横渡沙漠，坐在断崖上看着如血的夕阳残照，找一个爱我的荷西，写我们的撒哈拉故

9

事。唯一的条件，是他不能比我先死。

到了后来，我迷上法国，我不想去撒哈拉了，我想去巴黎，在那儿每天狂啃法国蛋糕和巧克力，到艺术学校上课，或者开一家露天咖啡店，然后找个浪漫的法兰西情人，也许跟他生个漂亮得像天使似的混血宝宝。

到了后来的后来，我不想去巴黎了。我梦想像我父亲年轻的时候那样，浪荡天涯，今天在布拉格，明天或许在威尼斯，过得像吉普赛人，然后告诉每一个雾水情人和萍水相逢的朋友：

"我是个游子。"

按照我的梦想，把自己放逐到非洲的那个人，怎么会是你而不是我啊？

再说下去，这笔账又要算到我头上了，我看我还是言归正传吧。上回说到，去年八月的那天，我无意中找到父亲的账簿。

我一向知道父亲很爱他的麻辣火锅店，看完所有的账簿，我才知道他爱到什么程度，那简直就是单思，是苦恋。

我发现，这个男人不惜一生举债，只是为了跟他的麻辣火锅长相厮守。

我身体里那些不切实际的浪漫因子,还有我对钱的糊涂与挥霍,毫无疑问是来自父亲的遗传吧?

四十岁以前,他是个很棒的厨师,在不同的城市打工。他在哈瓦那开过一家只有五张桌子的中国餐馆,客人每天乖乖在门口排长龙等着进去吃他的咕噜肉跟扬州炒饭,常常有寂寞又阔气的旅人请他抽上等的古巴雪茄。

他会做很多的菜,最爱吃的却是麻辣火锅。四十岁那年,他把毕生积蓄拿出来,在铜锣湾开了这家"老爸麻辣锅"。那年头,香港还没有麻辣火锅店,刚开店的时候,吸引了很多好奇的客人。可惜,对于麻辣火锅,人们通常只有两个极端:爱的很爱,不爱的不爱。

不爱的,受不了麻辣的味道,说不定终其一生也不会再吃。在这个南方半岛,爱麻辣的终归是少数。

可是,父亲不愿意增加不同的汤底和菜品,让不爱吃麻辣的人也可以有别的选择。他坚持要做正宗的麻辣火锅,多年来,店里一直只有红汤和白汤两个传统汤底。

他常常说,一旦爱上麻辣火锅的人是不会变心的,只会愈吃愈辣,吃上了瘾,然后发现它的好,再也离不开它。

他还说,瑞士起司火锅从来就没有为不爱它的人改变味道,他的麻辣火锅也不会这么做。

我的父亲如此执拗,都说他跟麻辣火锅在谈一场苦恋。

他只用最好的材料,他从一开始就放弃川菜爱用的味精,一旦不用味精,只能用更多的上好的肉和骨头来熬汤。生意不好的时候,他没辞退一个伙计。

父亲从来没有要求我在火锅店帮忙,我也从来没有想要帮忙。我有我自己的梦想。(虽然我的梦想很烂,而且我从不对我的梦想从一而终。)

看完他那些账簿之后(根本就是欠单嘛!),我要么把火锅店结束,卖身为父还债;要么接手去做,成全我父亲的一场苦恋。我当时不知哪来的决心,不行,我不能把火锅店关掉!我咬咬嘴唇,把牛仔哥叫到食物储存间,对他说:

"你告诉大家,火锅店不会关门。"

牛仔哥松了一口气,他望着我,眼里流露着一丝感动和嘉许,那一刻,我还真的被他感动的目光感动了。好吧!好吧!我承认我不仅仅是感动,我是有点飘飘然。那是我的死穴,我是会为了别人的赞赏而逞强,甚至不自量力,舍命报恩。

"底料的秘方你晓得的吧?"他压低声音问我。

"什么秘方?"

"就是秘方啊! 每家麻辣火锅都有自己的家传秘方。"他竖起一根手指,煞有介事地说,"秘方是麻辣火锅的命!"他那张像老虎狗的大胖脸,认真的时候却像悲伤。

"你是说你知道秘方?"

"哎,我哪里知道! 秘方只有你爸爸一个人知道,底料一向是他亲自煮的。"

"他煮底料的时候,你没看吗?"

"当然没有! 我怎会偷看?"牛仔哥一副受到伤害的样子,好像我这是在怀疑他的人格。

"我又没说你偷看。瓮里还有底料吧? 那等用完再说。"我当时肯定是故作镇定。

什么秘方啊? 要是父亲有机会留下只言词组,难道他会用最后一口气告诉我那个秘方而不是跟我说他爱我吗?

我心中一点谱也没有,父亲从来就没有告诉我什么秘

13

方。我母亲或许知道那个秘方，假如她能回答我的话。

别说秘方，我连做菜都不会，我和母亲习惯了饭来张口。

牛仔哥出去之后，我把食物储存间的门带上，拔开瓮的封口朝里看，瓮里的底料只剩下不到一半，我得在用完之前找出那个秘方。

我用木勺舀出一点底料尝尝味道，这就是我从小吃惯的麻香的滋味，可我从来没有仔细去分析它里面的成分。我坐在地上，尝了一遍又一遍，直到头上发毛，嘴唇麻痹肿胀，也尝不出有什么神秘的东西。除了我常常看到父亲用的大红袍花椒、郫县豆瓣、干辣椒、丁香、紫草、沙姜、豆豉、大小茴香、醪糟、胡椒、甘菘、豆蔻、生姜、大蒜、陈皮、肉桂、料酒、草果、山楂和其他香料药材，这些底料里还有什么是我不知道，也尝不出来的？

我把父亲的账簿和单据统统挪到地上，像疯子似的，从头到尾，又从尾到头再翻一遍，想找出他有没有订购一些特别的材料。

账簿上有记录的材料全都放在货架上，没有别的。

我真笨,既然是秘方,做秘方的材料又怎会放在大家都可以看得到的地方? 又有谁会因为害怕忘记自己的秘方而把它写下来?

父亲到底在底料里放了些什么? 天哪! 我想念我的父亲。

天气有些冻人了,今晚一边喝波特酒一边写信,这酒是你教我喝的,谢谢你的启蒙,它真好喝,可我有点醉,想去睡了,关于秘方,会再写。

爱着波特酒的　夏如星

二〇〇八年一月七日

我觉得我骨子里是非常悲观的，可有时候我表现出来却又乐观过了头。我根本连火锅的汤底也不会煮，更别说是底料了，但是，我竟然认为我会找出父亲那个底料的秘方。

浩山：

我觉得我骨子里是非常悲观的，可有时候我表现出来却又乐观过了头。我根本连火锅的汤底也不会煮，更别说是底料了，但是，我竟然认为我会找出父亲那个底料的秘方。

麻辣火锅的底料依靠的是秘密，汤底却没有什么秘密，也没有秘方，只需要新鲜的材料和厨师的技艺。所有的技艺，父亲很多年前已经教给二厨番薯哥。每天一大早，番薯哥先用牛棒骨熬一锅高汤，等高汤熬好了，他从瓮里取出一些底料，把底料跟牛油混合，然后加入高汤，放到一个不锈钢桶里，调入胡椒、盐和冰糖，用小火熬煮两小时，便成了一大桶醇厚的锅底，足够火锅店一天使用。把汤底舀入火锅盘，再加入醪糟汁，就可以送到客人面前了。

那个底料才是精魂。

我天真地以为，虽然不知道秘方，但我还是可以试着先煮一锅没有秘方的底料。十岁以前，我整天在火锅店的厨房里混，不肯回家睡觉，觉得累了或者困了就搬一张小板凳坐在那儿，看着父亲做菜。等他忙完了，他会特别为我做一些好吃的东西，像是用新鲜马铃薯做的薄薄的炸马铃薯片和用一只大铁锅蒸出来的一块烫手的鸡蛋糕。那常常是我一天里最期待的时刻。我童稚的味蕾永远忘不了那些幸福的滋味。

无数个只有我们父女俩的夜晚，我是看着他专注地在炉火上熬煮一大锅底料的，可是，我当时根本没有去留心，一心只想他快点煮好底料，然后做些美味的宵夜给我。

父亲经常说我挑食，说我很难养，可他也说过我拥有像狗儿般的鼻子，能够嗅出哪里有好吃的东西，又夸我拥有美食家的舌头，吃得出什么是好和什么是更好，想拿没那么好吃的东西骗我还真不容易。

我想，或许我也可以煮出一锅底料。

这个想法鼓舞了我。连续几个夜晚，当所有人都离开了，我一个人躲在厨房里，熬煮一锅又一锅没有秘方的底料，最后却又把一锅又一锅的底料倒掉。就是没有任何秘方的底料，我也做不出父亲的味道。

不停挪动厨房里那些沉甸甸的铁锅和锅铲就像举重，才没几天，我已经累瘫了，每天晚上回到家里，倒在床上，我两条手臂几乎提不起来，整个人被沮丧和疲倦淹没。

那个早上，我睡不到两小时就被一通电话吵醒。我迷迷糊糊地拿起话筒，电话那一头一个老太婆粗声粗气咕哝了一串乡下话。

"你说什么？"我问她。

这时，对方向我吼："我是问你为什么还不带东西来给我吃？"

这一回，她没有乡音，我听得很清楚。

"你是谁？"

"你又是谁？"我吼回去，"现在是你打电话来我家里，你为什么问我是谁？你到底找谁？"

她叽叽喳喳说着我听不懂的话，真是活见鬼！我干脆把电话挂断。

过了一会儿，电话又打来了，这次换了一个女人跟我说话，她愉快的声音比先前那个老太婆年轻许多。

"请问这里是夏亮先生的家吗？"

"谁找他？"我缓缓吐出这句话，好像父亲还活着似的。

"哦，是安老院打来的。"

"安老院？有什么事吗？"

"是夏先生的姊姊夏珍珠想找他。"

姊姊？夏珍珠？刚刚对我吼的那个老太婆是她？原来她还活着！

你好像没见过我这位老姑姑吧？

她是我父亲同父异母的姊姊，比我父亲老很多。我那个风流的祖父一生娶了四个太太，生了二十几个孩子，老姑姑是大太太的女儿，父亲是四太太唯一的一个孩子。数十年来，其他兄弟姊妹各散东西，死的死，走的走，在香港留下来的只有他们两姊弟。

老姑姑年轻时是教书的，终身未嫁，十足的老小姐脾气。我还小的时候,有一段日子,她常常来我们家和火锅店吃饭,每次都跟我抢吃,而且老是挑剔我父亲做的菜。我一点都不喜欢她。许多年没见,没想到她住进安老院了,我善良的不记仇的父亲还经常去看她。

我答应了安老院的职员说我改天会过去。挂上电话之后,我想继续睡觉,可是,我再也睡不着了。我跳下床,匆匆穿上衣服跑去找老姑姑。老姑姑也许会知道那个秘方。我记得她很爱吃麻辣火锅,说不定父亲告诉过她。

到了那所位于半山的安老院,我在接待处问了人,找到了老姑姑的房间。

那是一间宽敞的双人房,靠近房门的一张床上,躺着一个苍白的老婆婆,身上连接着点滴管,覆盖着被子,睡得很沉。靠近窗子的那张床上,坐着我的老姑姑,她背后垫着一个枕头,挨在床板上看电视的午间节目。她老多了,满头花白,唯一没变的是那一头留至下巴的清汤挂面直发,侧分的厚厚的头发里别着一只鲜黄色的发夹。要是每个人都有一个让人一眼就认出来的标记,那就是她夏珍珠的标记了。

我走到床边,喊她一声:"姑姑。"

她的视线离开了电视，缓缓转过头来看我，好像认不出我。

"你是谁？"

"我是夏如星。"

"夏如星？"老姑姑眯起她那双昏花模糊的眼睛看向我。

我突然发现，她长得跟我父亲还真有点像，脸上布满皱纹，瘦小的身体穿着小花布睡衣，看上去活像一个脱水橘子。

她盯着我看了几秒钟才说：

"你爸爸呢？"

我一直以为自己长大了，改变良多，没想到她还认得我。难道我也有一个让人一眼就认出来的标记么？

"爸爸去成都了。"因为父亲经常会去成都和台湾采购材料，所以我随口说了成都。我还不打算告诉她我的父亲再也不能来看她了，我也不知道该怎么对她说。

老姑姑已经九十九岁，活了有一世纪那么长。一个人怎么能够活到这么老啊？我的老姑姑坐在那儿，看上去就像岁月魔幻的陈迹。只有死去的人不再长年岁，要是有天我也活到像姑姑这么老了，我早逝的父亲和母亲不都比我年轻吗？想到这里，突然觉得人生很荒谬。

今天有点伤感，下次再写好吗？

星

二〇〇八年一月十五日

受到诅咒的小女巫，无论怎么努力，掉多少汗水，也炼不出想要的那颗丹药。日复一日，永无止境，每个夜晚也只能眼巴巴看着窗外的天空渐渐亮了。

浩山：

你知道老姑姑认出我之后，第一句话是说什么吗？

她问我："你有没有带吃的来给我？"

"你想吃什么？"

"巧克力。"她舔舔嘴对我微笑，露出一口整齐的假牙。

"你是说巧克力？"

哪里有人这么老还吃巧克力的啊？

"上次你爸爸买的巧克力吃完了，不如你去买给我？"她看上去一副可怜相。

为了我的秘方，我只好跑到山下的便利店随便挑了一包巧克力，然后匆匆跑回去安老院。

老姑姑一看到巧克力,连忙拆开来,把巧克力往嘴里塞。我真怕她会噎死,而我永远得不到我的秘方。

她咬了一口,马上吐出来,朝我吼:"谁要吃这个?"

刚刚那副可怜相原来是装出来的,多狡猾的老太婆!根本就是老女巫嘛。

"是你说要吃巧克力的,这不是巧克力是什么?"我冲她说。

"笨蛋!我要吃苦的!我要吃法国的!"

"苦巧克力?你还真会挑吃,刚刚为什么不说清楚啊?"

她还是跟以前一样讨厌,要不是为了秘方,我才不理她。

"我现在就去买。"我低声下气地说。

等我终于买到法国苦巧克力回来,她脸露满意的神情,咂嘴吃着昂贵的巧克力。

"姑姑,你知不知道爸爸的麻辣火锅有什么秘方?"我问她。

"你今年多大了?"

真的是答非所问。

"二十四。"我回答。

她看了看我,慢慢说:"不是三十四吗?"

"我哪有这么老!三十四是别的地方耶!"

"你样子跟小时一样,没变。"

"喔,是吗?"我笑笑。

她接着说:"看起来还是很欠揍。"

我跟自己说:"等我拿到秘方,我马上掐死她!"

"你刚刚说什么秘方来着?"

"就是我家麻辣火锅的秘方啊!"

"秘方?"她嘴巴没动,望着前面的一片空无,若有所思的样子。

停了一会儿,她缓缓问:"你爸爸没告诉你吗?"

"爸爸告诉了你吗?"

"你爸爸什么都跟我说,他跟我最好了。"

"那你可以告诉我吗?"

她想了想,说:"他没告诉我秘方。"

"姑姑,你再想想!会不会爸爸告诉过你,你忘了?"

她啐了我一口:

"你当我是老人痴呆吗？不是忘了，是没听过！"

我当时真的不知道是好气还是好笑，是失望呢还是觉得这样的失望毕竟也带着几分滑稽。

那包巧克力她没吃完，把剩下的小心裹好，要我替她装进一个铁罐里。她抽屉里有很多瓶瓶罐罐，床头柜上放着一瓶我父亲做的辣椒酱。

"我现在很累，我要睡一会儿，你走吧。"说完，她头枕在枕头上，合上眼睛睡觉。

我心里不禁泄气。

等我走到门口，她突然在我身后咕哝：

"你什么时候再来？"

我回头看她，那个像老小孩的身体蜷在床上，眼睛没张开，只是说：

"下次带'津津'话梅肉来给我吃，还要蛋挞和北海道牛奶布丁，今天这个巧克力也要再买，最喜欢吃这些了。"

没想到吧？原来老姑姑爱吃你家出品的话梅肉。

要是爱吃是有遗传的，我无法否认床上那个老小孩是我的家人，也是唯一的家人了。

离开安老院，我闷闷地回到店里。那天夜晚就像前几天的夜晚，我孤零零地躲在厨房里熬煮一锅又一锅的底料。父亲似乎有很多秘密，他为什么不告诉我老姑姑的事？也许是他知道我不喜欢她吧。我的良心在挣扎，既然老姑姑不知道秘方，那我以后还要不要去看她，当她的小奴隶？总有一天，她会问起父亲。

然后，我跟自己说，这些都可以等到明天再想，底料却不能再等了。

我试图从童年记忆里找出一些零碎的片段，回想父亲是怎么煮底料的，有没有什么材料是我漏掉了的？

然而，一遍又一遍穿过岁月的断层重返我心头的，却总是他的身影。当我年幼，厨房那台音响放着晚歌，父亲抓住我的一双小手，让我踩着他的脚背，我们在红色地板上跳着欢快的舞步，那锅底料在炉火上翻腾，歌声、笑声和繁复的香味在空气里飘荡。我努力寻找那段香味的记忆，却一无所获。

我只好试着在基础的底料里逐一加进不同的东西：那些我从商店买回来的不同的香料，还有红曲、紫贝天葵、西

27

红柿膏、红高粱、枸杞子……但凡能够为底料增加色泽和香气的，就连你家的话梅粉我都拿来试试看。

可是，没有一种味道是对的。

难道父亲用的是罂粟和红景天吗？那也不可能，罂粟是毒品，父亲虽然苦恋他的麻辣火锅，却也不至于会请客人抽鸦片。红景天太贵了，而且，药材不能乱用，会弄出人命。

我苦苦思索，秘方到底是一种东西还是有好几种？如果不是特别的材料，会不会是每种材料的分量？父亲的秘方到底是香料还是药材？

父亲为什么要留下一道谜题给我？

那秘方听起来多么像天方夜谭，是真有的吗？我倒觉得我是做了错事被关进厨房，在炉火上炼丹的苦命的小女巫。受到诅咒的小女巫，无论怎么努力，掉多少汗水，也炼不出想要的那颗丹药。日复一日，永无止境，每个夜晚也只能眼巴巴看着窗外的天空渐渐亮了。

在厨房炼丹的小女巫

二〇〇八年一月十九日

附记：

巫术在非洲是不是依然很流行？那你千万不要在地上随便捡起东西带回家。要留意有没有形迹可疑的飞鸟老是在你头顶盘旋或是在你房间的窗外不怀好意地盯着你，听说非洲巫师都爱利用鸟儿来施巫术的呢。

陌生人送的礼物和食物也不要随便接受，尤其要提防漂亮的女人，漂亮的女人无缘无故向你送秋波，你别上当，愈是漂亮的，巫术愈厉害，她们会抓住你的心，把你的钱掏空。

你要不要我寄些法国苦巧克力给你？那天帮老姑姑买巧克力，找到一种很好吃的，含百分之八十六的可可，真够苦的，我现在都爱上了它。巧克力大概也是施了巫术的吧？否则，为啥那么难戒掉啊？

什么,嘿嘿,所以我可以戏弄她,关键是不能大声说出来。她精得很呢,她可是她那个年代的时代女性,年轻时肯定是十分聪明的。

那天我离开的时候,她说:

"下次带本书来。"

"你要看什么书?"

她瞅了我一眼:

"你觉得我这双眼睛还能看书吗?"

"那你要我带书来干啥?书又不能吃。"

"读给我听呀!唔,蛋挞和巧克力也要带来。"

"我刚进来的时候看到休息室那儿有职员为大家读报纸哦。"

"呸!报纸有什么好听的!"

"知道了。"我敷衍着她。

"你爸爸还没回来吗?"她问我。

"还没。"

"去那么久哦?"

我哼哼鼻子回答。

她又问:"他手机丢了吗?那天没找着他。"

"不,不会吧?我找到他哦。"

比起承认父亲已经死了,撒谎是容易许多。

父亲出事那天所穿的衣服鞋子和他裤袋里的手机,我从医院领回来之后,一直放在他房间的抽屉里。父亲老是把手机弄丢,那台手机是我去年送他的生日礼物,那天我一再叮嘱他绝对不能弄丢我送的手机,我为手机系上一条由许多颗银色星星串成的绳子,那东西够累赘的,稍微摇一下手机,便会哐啷哐啷地响,手机没那么容易丢失,而且,他每次看到那串星星,也会想起我。父亲给我烦死了,说他每次接电话都得先把那一大串星星拨开。

而今想起来,这些好像还是昨日的事,他被我烦得很无奈的表情鲜活如故。人家说,女儿都是来管父亲的。是这样吗?要是这样,从今以后,谁来管他?

直到老姑姑那天问起,我才又想起那台我不敢再碰的手机。晚上回到家里,我把手机从抽屉里找出来,那一大串星星照旧哐啷哐啷地响。我把关掉的手机重新打开,几秒钟之后,跳出来很多条短信。

“爸爸，回我电话。”

“爸爸，为什么不接电话？”

“爸爸，是我！人家有事找你耶！”

“爸爸，你在哪里，为什么手机没人接？”

“爸爸，你是不是又把手机弄丢了？”

一开始，我吓得头发一根根竖了起来，掠过我脑海的是许多惊悚电影和小说的情节，难道死去的是我？只是我并不知道自己已经死了，我的意识不散，不停从死亡世界打电话给父亲。因为死了，所以才会见到我那个好像岁月魔幻陈迹的老姑姑，还有那个变成植物人的老婆婆，老姑姑白天说的“活死人”，说的其实是我。根本就没有什么安老院，那儿是人死后要去的地方。

可是，为什么没见到我的母亲？为什么我在死亡的那一头会躲在厨房里熬煮火锅的底料？麻辣的香味是那么浓烈，人死了不可能还嗅到人间烟火吧？

然后，更多短信跳出来，虽然同样是喊我的爸爸作爸爸，却是两个不同的人，一个在四川，一个在台湾。父亲恰好常去四川成都和台北采购火锅店要用的材料，他每次回来也会带很多好吃的东西给我，我小时总是盼着他去。

我把旧的短信跟父亲以前回复的那些短信一条一条翻出来看，然后跟手机里的电话簿对比。四川的那个人在电话簿里的名字是日，台湾那个的名字是月。

日、月、星，天哪！突然之间，我全都懂了。

我压根儿没想过，除了底料的秘方，我的父亲藏着一个更大的秘密。

父亲还有另外两个家，可我居然不觉得惊讶。从头开始仔细回忆一遍，秘密无论藏得多深，从来也不是毫无痕迹的，何况他是跟我日夕相处的父亲？像我父亲这样的浪子，我从不认为他只爱一个女人，也不相信他只被一个女人所爱。父亲一直以来对我的溺爱和骄纵，到底是因为我很小就没有了母亲还是因为我不是他唯一的女儿？

要是父亲还活着，我也许会生他的气，可是，我已经没有办法生他的气了。

就在这时，父亲的手机突然响起，吓了我一跳。

"喂？"我接了那通电话。

对方听到我的声音，停了停，爽朗地说："喔，打错了，对不起。"然后,她把电话挂掉。

那是四川的号码。

过了一会儿,手机再次响起,打来的是同一个女孩子,我又"喂"了一声。

"咦,我是不是又打错了?"

"你拨几号?"我探了一句。

她说了。

"号码没错。"

"嗳,这不是我爸爸的手机吗?"

"这也是我爸爸的手机。"

"呃?你是谁?我找我爸爸夏亮。"

"他没法接这通电话了。"

"我爸爸他怎么了?"

我告诉了她。

她在电话那一头稀里哗啦地哭了,我静静地听着她哭。等她哭完了,我们竟然慢慢说起话来。

四川的夏如日住在成都,她并不知道台湾有个夏如月,也是刚刚知道香港有个夏如星。我们一致认为台湾的夏如月也不知道世上还有夏如日和夏如星。

我发了一条短信给夏如月，请她联络我。我很快就接到她打来的电话，温柔的声音带着疑惑：

"刚刚的短信是怎么回事？这不是我爸爸的手机吗？"

我把我跟夏如日说的话跟她再说一遍，然后又静静地听着她放声大哭。

我都觉得我是冷血动物了，只有我不哭。

夏如日跟夏如月匆匆忙忙订好机票来香港，我把她们安排在同一天到，我可以开父亲的小汽车去接她们。

后来，我们三个人说起那天晚上通电话的事都觉得好笑，为什么她们就不担心是骗局？她们竟然异口同声地说，我说话那么直接，又说得急，才不像骗子。

接机的那天，我内心忐忑，却也好奇，我不知道走出来的两个人是长什么样子，又是什么年纪的？她们长得像父亲吗？见面的时候，我们会不会觉得很窘？我会喜欢她们吗？她们的母亲会不会也一块来？

二十四年来，我一直以为我是独生女，母亲死了，留下我跟父亲相依为命。突然有一天，父亲离开了，他没留下一句话,却把火锅店和两个素未谋面的我的姊姊留给我,连他自己的老姊姊也都留给我。他是不是害怕我一个人太寂寞,太孤单了?人瑞夏珍珠加上夏如日、夏如月、夏如星,珍珠呀日呀月呀星星呀都不缺,我还真的觉得我的人生光芒万丈。

星

二〇〇八年一月二十七日

附记:

现在很想去睡,夏家三姊妹在机场相认的经过,我下次再写好吗?

今天到邮局寄信的时候,顺便买了一大沓三块钱面值的邮票,像我这几封信的重量,寄到马拉维的邮费是三块钱,所以,我以后写给你的信大概也会是这个长度(或是它的倍数?),那我便不用常常跑邮局,晚上写完信,第二天就可以直接把信投进就近的邮筒,这样我会多写一些。

买邮票的时候,我顺便向邮局职员打听了一下马拉维的邮差是怎么送信的,没有人能够回答我的问题,他们连马拉维都没听过。

我忘了在哪里看过一张照片,照片中的非洲救护车竟然是一台简陋的牛车。天哪!救护车尚且如此,邮车会不会是由几只小猫拉着的木头车?那你什么时候才收到我的信?从香港寄信到马拉维,要八到九天的时间,然后再由小猫咪摇着屁股拉一辆木头车送信,搞不好你要等到明年才会收到我今年写的信。

在我父亲另外的两种生活里，他是一个怎样的人？是我所认识的父亲吗？还是我会感到陌生的？

浩山：

这几天忙坏了，都没时间给你写信，现在立即补上。

那天同时到港的有好几班飞机，我早到了，挤在接机的人潮里等着。首先走出来的是夏如日。第一眼看到她时，还真的吓了我一跳。天哪！世上竟会有人长得这么像老姑姑！娇小玲珑的身材，顶着一头清汤挂面侧分的短直发，活脱脱是七十年前的老姑姑。她拖着一只行李箱，迷惘的眼睛四处张望，等她终于看到我时，我们对望了一眼，相视微笑。

她大步走上来：

"嗨，你是夏如星？"

我点点头：“你是夏如日？”

轮到她点头。

“你等很久了？”

“哦，也没有很久。”

“我妈妈很伤心，反正也见不着爸爸了，我让她别来。”

听她这么说，我心里倒是松了一口气，我完全没有心理准备要见父亲的另外两位太太。

那天，她带着两个大大的黑眼圈，又来自四川，从此以后，我都喊她熊猫。

“我们还要等一个人哦？”熊猫问我。

“嗯，是的，她应该也快到了。”

那一刻，熊猫的心情大抵也是和我一样，眼睛一直盯着出口那儿，好想知道夏如月长什么样子。

约莫过了三十分钟，夏如月走出来了。上天有多么不公平啊！她比我和熊猫长得高，长发垂肩，遗传了父亲的大眼睛，皮肤细细白白，背着个大背包。看到我和熊猫，她想也不想，很自然地就朝我们走来。

后来，她总是说：“你们两个长得很像爸爸嘛！”

过了几天,她告诉我和熊猫:"你们叫我娃娃吧。家里的人都喊我的乳名娃娃。"

娃娃? 她是台湾代表,我直接喊她旺旺。抗议无效!嘿嘿!

打过招呼之后,旺旺露出腼腆的微笑,问我:

"还有人会来吗?"

"哦,就我们三个。"我说,"走吧!"

日月星辰依次排列,谁知道会不会有一个夏如辰在世上某个地方? 不知道是男孩还是女孩,有一天,夏如辰或许会突然在"老爸麻辣锅"出现,他就跟我们三个一样,脸上也有父亲那种落寞的神情。

车子离开机场,我们在途中停车买了花,先去墓园看父亲。我挑了一束香槟玫瑰,熊猫选了小雏菊,旺旺那束是野百合。父亲好像从来就没有告诉我们他喜欢什么花,我们只好挑自己喜欢的。

(顺告一声,我喜欢很多很多的香槟玫瑰。)

父亲跟母亲合葬在一起,到了墓园,熊猫和旺旺看到墓碑上我母亲年轻时的照片,不禁脸露惊讶,她们看了看我,

42

不知道该说什么。

我抿嘴笑笑："这个是我妈妈。"

我俯身把手里的鲜花放到坟前，熊猫的眼睛早已经湿掉了，旺旺抽抽噎噎地哭了起来。

父亲一定也跟她们很亲吧？在她们面前，他到底是一个怎样的父亲？在我父亲另外的两种生活里，他是一个怎样的人？是我所认识的父亲吗？还是我会感到陌生的？这一切一切，我也许永远无法了解。这是父亲留给我的另一个谜。

我默默望着墓碑上的我母亲的照片，照片里的她微笑着，却有一种孤寂的神情。在我遥远的记忆里，我的父母一直很恩爱，这一切，母亲以前都知道吗？要是她现在才知道，她会不会气得在这片尘土下面踹我父亲，再也不肯让他长眠在她身边？我把熊猫和旺旺带来，母亲会不会觉得我背叛了她？毕竟，她是那样爱我。

可是，让她们来看看父亲的坟，就好像是我的天职，我甚至不曾有过片刻的犹豫。

熊猫、旺旺和我动手把坟边新长出来的野草拔掉，在寂寂的墓园里坐到黄昏才离开。在车上，大家沉默无语。墓地的气味夹杂着尘土与灰烬的味道，停留在每个人身上挥之不去，却也是这股苍茫孤绝的气息使我同她们之间突然有了一份亲密的感觉。

"你们饿不饿？要不要去吃点东西？"我问她们。

两个人都摇了摇头。

我是从那一刻开始喜欢她们两个的吧？要是有谁会在这种时刻吃得下任何东西，我肯定会非常看不起她。

家里只有两个房间，那天晚上，我让熊猫和旺旺睡父亲的床。她们哭累了，什么都没说就爬上床睡。半夜里，外面下起了滂沱大雨，我起来，经过父亲的房间，看到她们两个挤在父亲那张床上，脸贴着枕头，搂住身上的棉被，头发乱蓬蓬的，睡得像个孩子，我心中突然觉着莫名的感动。母亲会原谅我这小小的背叛的吧？我只是为父亲做最后一件事。

第二天从床上醒来的时候，我听到断断续续的弹吉他的声音。我走出房间，看到旺旺坐在床边，弹着父亲的旧吉他，熊猫盘腿坐在地上跟旺旺说着话。

旺旺抬头看到了我,说:

"对不起,吵醒了你吗?"

"喔,没有。"我摇摇头。

"吉他是爸爸的吗?"熊猫好奇地问我。

我点点头:"吉他很旧了,我没见他弹过,不知道还能不能弹。"

"还好呢,没有走调。"旺旺说,然后又说:

"爸爸喜欢披头士。"

"他是老古董。"熊猫朝我扮了个鬼脸。

我忍不住笑了:"就是呀! 他有很多披头士的黑胶唱片。没有唱机,是没办法听了。"

旺旺边说边打开她的笔记本电脑:

"披头士可以上网听,顺便找找有没有吉他谱! 嘿嘿,找到了!"

那个漫长的下午,窗外下着大雨,披头士的歌声在房间里飘荡,我们唱着听着弹着比我们老的那些歌,那是父亲年轻时喜欢的歌,是他的青春,或许也是他青春的启蒙。我突然明白了,有一种思念,超越了汹涌的泪水;有一种歌声,带着微笑，比哭声凄凉。

"我妈妈跟几个朋友去了南部旅行，我还没告诉她呢，我不知道怎样跟她说。"旺旺叹了口气。

"我跟我妈妈说的时候，她根本不相信。"熊猫告诉我们。

"这事我都没跟我妈妈说。"我吐吐舌头。

熊猫、旺旺和我挤在父亲的床上，听着歌，说着话，很快就把父亲的情史大致理出了头绪。是这样的，希望你不会觉得混乱：我的母亲是我父亲的第一个太太。旺旺的母亲是父亲在台南念书时的初恋情人，两个人后来分手了，父亲结婚后在台北工作过一阵子，某年夏天，他下班后，一个人走在西门町，竟然见到了他的初恋情人，也就是旺旺的母亲。熊猫的母亲是父亲在成都工作时的邻居，很爱吃父亲做的菜，常常跑到他家里吃饭，他的菜俘虏了她的芳心。可是，她那时已经有了谈婚论嫁的男朋友。父亲婚后再次回到成都工作，这时，熊猫的母亲已经跟男朋友分开，她一直等他。

熊猫二十九岁，旺旺二十六岁。我的母亲很想要小孩子，却要等到结婚十年之后才有了我，所以，我反而是年纪最小的。父亲死前，我们三个都以为自己是家里唯一的孩子。

跟我一样，熊猫和旺旺不确定她们的母亲是否知道父亲还有另外两个家。

我们从网站下载了一张世界地图，用笔标出父亲停留过和工作过的地方，想知道他会不会还有其他情人，其中一些情人为他繁衍后代。在马六甲、哈瓦那或是马达加斯加，会不会至少还有一个姓夏的孩子，比我们三个老很多，是家中的老大，脸上同样有着落寞的神情？

是不是什么都摆脱不了遗传？祖父娶了四位太太，我的父亲也像他父亲，爱着的不止一个女人。

这一天，熊猫、旺旺和我之间的了解，好像比过去二十几年要多很多，过去根本就是零嘛。

我们从父亲青春的足迹聊到他做的菜。我很想再吃父亲的咸鸡蛋，熊猫想吃父亲做的茶叶蛋。

旺旺想念的是儿时吃的溏心蛋。

"爸爸把刚煮好的溏心蛋放在蛋座上，把蛋壳头除去，摆上一小团鲑鱼卵,吃的时候还吃得到海水的咸味。"她说。

那天我们一直聊到雨停,夜色深深,说着父亲做的菜,愈说愈觉得饿,三个人都在咽口水了。

我站起来宣布:

"去吃饭吧!"

"去哪里吃?"熊猫问我。

"当然是'老爸麻辣锅'!"

"噢! 我想吃! 我还没去过爸爸的店呢!"旺旺站起身说。

"我也要吃! 我最喜欢吃爸爸的麻辣锅!"熊猫舔舔嘴。

我心中一亮,连忙问她们:

"你们知道底料的秘方吗?"

熊猫和旺旺不约而同望着我,愣愣地问:

"什么秘方?"

唉,看来是没有希望了。

小星星

二〇〇八年二月三日

附记：

那天从网站下载世界地图时，顺便也下载了一张非洲地图，我终于知道马拉维在哪里咧。旺旺说，台湾人在那里盖了一幢佛教孤儿院。我告诉她，你就是去了那所孤儿院，她问我："你朋友是出家人吗？"我私心希望你还没有看破红尘，毕竟，世上有那么多好吃的东西，你又那么爱吃。而且，你说你是去那里当义工，可没说是要出家，要是你告诉我你是去出家，我会用双手和双脚来拦住你。

我这样说，佛祖会不会惩罚我？罪过罪过，我终究是个贪恋红尘的俗世女子。

父亲以前常常说，你上辈子也许是寺院里的一个小喇嘛，仿佛只有这样，才可以解释你童稚的脸上为什么永远带着一抹温和悲悯的微笑。

浩山：

你能想象一个一百零六岁的女人是什么样子的吗？老人的身躯总是一天天枯萎和变小，要是我活到这把年纪，大概会像一颗葡萄干吧？不知道你到时候可会认得我？可会记得我青春年少的模样？

我跟熊猫和旺旺昨天到安老院去看老姑姑。安老院偌大的休息室里挤满了人，大家正在为院里一位老婆婆庆生，这位一百零六岁的老寿星头戴一顶毛帽子，坐在轮椅上，看上去就像一个小宝宝被放在一台婴儿车里，最大的分别，是这个老宝宝全身皱巴巴的，而且不会笑。

只有老姑姑没去凑热闹，坚持留在自己房间里，就连休

50

息室里那个奶油蛋糕也没能把她吸引过去。(没参加庆生会的，当然还有那个跟她同房的植物人。)老姑姑对于安老院里竟然有人比她老这回事，显得有点酸溜溜。我还以为女人都希望自己是比较年轻的那个呢。

老姑姑嘲讽地说：

"哼！那个人的脑袋不清不楚，眼睛早就看不见了，我敢打包票她根本不知道这是谁的庆生会！"

然后，她的目光缓缓扫过我们三个，可怜巴巴地说：

"要是有一天我变成像她那样的老不死，拜托你们三只小鬼把我杀了。"

熊猫揉着老姑姑的手，安慰她说：

"姑姑，你别说这种傻话，活着多好啊！就像霍金说的，活着就有希望。而且，你老了也不会变成那个样子！到时你还要吃蛋挞和巧克力呢！下次我给你读余华的《活着》好不好？你会喜欢的。"

熊猫和老姑姑真的是相逢恨晚。(所以她才会长得那么像老姑姑吧？呵呵！)熊猫对老人家很有耐性，又会照顾人，连老姑姑都给她驯服了，从来不喊她笨蛋。你记得我跟你说过老姑姑会突然说些没人听得懂的乡下话吗？原来她说的是四川话，只有熊猫听得懂。老姑姑的母亲是四川人，那些四川话也许是她小时常常听母亲说的。人老了，旧时的记忆愈来愈清晰，近来的事情倒是变得很模糊。

老姑姑温柔地望着熊猫："不说就不说呗！"

"这就对了！姑姑，旺旺给你打了一件羊毛衣，你站着，我来帮你穿，是你最喜欢的芒果黄色呢，摸上去很暖哦，是安哥拉羊毛咧。哎唷，很合身耶！你看看喜欢不？"

老姑姑低下头看了又看身上的毛衣，脸露满意的表情。

我们三个吹吹口哨说：

"姑姑是大美人呢！"

老姑姑撇撇嘴：

"哼！瞧你们这张嘴巴！"

"姑姑还喜欢什么颜色？我再打一件别的款式给你，比这一件长一点的。"旺旺说。

"就是芒果黄。"老姑姑腼腆地说。

这一下，我们全都忍不住笑弯了腰。

自从熊猫和旺旺来了之后，老姑姑整个人变开朗了。

她喜欢喊我们作小鬼,又记起了我的乳名"妹妹",不过,她还是最喜欢喊我笨蛋。当她知道熊猫和旺旺是父亲的女儿,她丝毫不感到惊讶,反而说:

"唉,儿子都像父亲,我父亲也是这样。你爸爸真的只有三个老婆和三个女儿么?"

我们一直骗她说父亲回来了一趟,又匆匆去了上海,准备在上海开"老爸麻辣锅"的分店,所以很忙。老姑姑似乎相信了我们说的话,没有再问为什么不见了他。

也是昨天,我终于看到植物人的儿子了。白发苍苍的儿子带着自己的小孙子来看母亲。他那个八岁的小孙子白白胖胖的,有一双又大又圆的眼睛和长长的睫毛。当他看到我们正在吃蛋挞和巧克力,竟不断朝我们眨眼睛,在我们身边晃来晃去做出许多可爱的表情,我们都被他迷得神魂颠倒,乖乖把手里的蛋挞和巧克力奉上。

他让我想起了你。你小时不就是这个样子吗?只是,你比他害羞。每一年学校的游艺会,副校长循例公开表扬你,说你家今年很慷慨地捐出大批"津津"话梅和蜜饯给大家抽奖。每一次,你总是羞红了脸,显得很不好意思的样子。

每次听到那些妒忌你和欺负你的男生戏谑地喊你"话梅仔",我总是为你抱不平,拼了命跟他们扭打。你总是在旁边喊:"夏如星,停手! 别打了! 别打了! 你的裙子飞起来了!"

(我到现在还是不明白,为什么会是我负责打架哦? 明明我是女生。)

熊猫有句口头禅:"首先,我自我批评一下……"然后,她会滔滔不绝地开始说。

今天让我也来自我批评一下吧。

身为独生女的我,内心常常感到孤单。小学三年级跟你同班,认识了你,我发现,年纪比我小两个月的你,什么都听我的,我去哪里你就去哪里。我喜欢的,你也喜欢;我讨厌的,你绝对不敢喜欢。一直渴望当姊姊的我,很高兴有个小弟弟供我差使。父亲做了什么好吃的东西给我带着上学,我也分给你吃。(那些咸鸡蛋和茶叶蛋,你吃了很多啊!)

你这个馋嘴鬼被我父亲的一手好菜吸引,三天两头就往我家里钻。我的父亲母亲是那样喜欢你。即使生病的日子,母亲也常常问:"李浩山今天会来吃饭吗?"我还一度吃过你的醋呢。

母亲死后，我虽然很伤心，可是，我也利用我失去母亲这一点占了好多便宜。我是没有妈妈的孩子，每个人都不忍心伤害我。我往往得到最多的关注，读书成绩不好，没有人责备我；任性妄为，也没有人说我不好。考不上大学，没有人说是因为我不努力和不够聪明。

我是这样长大的，人生稍有不顺就埋怨身边的人，好高骛远、孤僻、刻薄、懒散又愤世嫉俗，不停换工作却从来没有想过自己有什么问题。除了父亲，是你一直默默守护在我身边，忍受我的自哀自怜和不可理喻。

父亲以前常常说，你上辈子也许是寺院里的一个小喇嘛，仿佛只有这样，才可以解释你童稚的脸上为什么永远带着一抹温和悲悯的微笑，不像小孩，倒是像一尊佛似的，生气的时候顶多也只是皱一下眉头。

要是我们两个并肩走着，一定是两个很不一样的背影吧？一个瘦小飘零，拖曳着脚步；一个悠然自得，迈着大步。

我不知道人有几辈子要活，要是你上辈子是小喇嘛，那么，你其中一辈子说不定是土匪、是恶霸，欺负过我这个弱质美貌少女,所以这辈子反过来被我欺负。嘿,一定是这样没错。

你不但欺负过我,你当土匪的那辈子也许还欺负过许多人。这辈子,你对每个人都那么好,明明有自己的梦想,还是经不起家人的要求,回去打理家业。我们是最好的朋友,可我并不见得比别的人好,我也习惯了对你予取予求,挥霍你对我的好。

我从前是个混蛋,我一直都是。

原以为可以在这封信里把自己数落一番,深深忏悔,看来是不可能的了。我的自我批评至少还要写三天三夜。天渐渐亮了,我可以下回继续吗?免得我今天就羞愧而死。

一直没有收到你的回信,你还好吗?今天是大年夜呢。

混蛋星

二〇〇八年二月六日

浩山：

一直觉得铜锣湾是个奇怪的地方，那么多的梦想，那么多的破碎，那么浮华，又那么阴暗，年轻也年老，繁荣也堕落，香港好像没有一个地方是这样的，一边的人行道国际奢侈品牌商店林立，另一边的人行道是隐身在商住大厦里的爱情酒店，在在提醒人们光阴稍纵即逝，要及时行乐。

这是我出生、居住、读书和长大的街区，我早已经习惯了她的吵闹，却也爱着她午夜的沉静。她缺点太多，她的缺点却正是她的灵魂。她是个妖媚的不安的女子，有说不完的故事，也总是让人惊讶，就像我看过一张玛丽莲·梦露的照片，这位一代艳星，在戏棚拍戏的空当捧在手里专注地读

57

的一本书竟是詹姆斯·乔伊斯的《尤利西斯》。

只有过农历年的这几天,铜锣湾才会稍微安静吧?"老爸麻辣锅"只休息了短短三天。我必须告诉你,是因为生意太好了,"爱财如命"的夏家三姊妹舍不得不开店赚钱。

我也必须告诉你,我做的底料,吃过的客人全都回味无穷,一再光临敝店。过年前那几天,我们每天挡掉几十个客人呢。

没想到吧? 我终于成功调配出一锅底料了。人生就是有许多意外,曾经以为没希望了,没想到事情竟会峰回路转。熊猫和旺旺虽然不会做菜,也不知道父亲的秘方,可是,没有她们陪我度过那些漫长的夜晚,我也许永远找不出底料的秘方。

小女巫终于再也不用站在炉火前面苦苦找寻那有若天方夜谭的秘方,而且从此爱上了做菜,也爱上了爱做菜的那个自己。别说你想不到,就是我也想不到。

至于那个秘方,嘿嘿,我先不告诉你,你来猜猜。

"老爸麻辣锅"现在由夏家三姊妹分工合作,厨房是我的,店面是熊猫和旺旺的。这个冬天冷得不像话,也幸好是这么冷，火锅店生意滔滔，我们每天都累瘫了。今天晚上，从景隆街的店走路回去礼顿道的家，寒风刺骨，我、熊猫和旺旺穿着臃肿的羽绒，累得连话也不想说，默默紧挨着彼此取暖，几乎是用滚的滚回来。她们都去睡了，只有我趴在被窝里给你写信。

回家的路也是父亲离去的路，每个晚上，我们刻意避开父亲出事的那个街口，抄另一条路回家。有些伤口，是永难愈合的吧？又或许只有时间才可以使它愈合。

有时我怀疑，我跟熊猫和旺旺也许是前世情人，要不是这样，我们为什么会这么投缘？即便是同父同母的姊妹，也不见得会比我们好。尤其是熊猫和旺旺，她们竟然很喜欢挤在一块睡，说不用另外再买一张床。

看到熊猫和旺旺，我常常禁不住想，我们身上长得不像父亲的那部分，是否都像我们各自的母亲？这种感觉多么奇怪啊！除了外表，我们都遗传了父亲的一些东西，却也有许多不知道是像母亲还是属于自己的个性。

熊猫是天生的老大姊，乐天开朗，傻气又干练，母爱泛滥，疯狂喜欢照顾身边的人，我和旺旺都说她最适合开孤儿院和托儿所、流浪者之家或是被遗弃动物收容所。可是,她说,她从小到大的梦想是到四川卧龙当一名大熊猫饲养员,照顾那些可爱的熊猫。

温驯贤淑的旺旺几乎懂得所有女生该懂的事,她会打毛衣,也会做饰物。给她一台缝纫机,她能够缝制出一家时装店。她把自己做的东西放到网上卖,生意好得很呢。她精通打扮,就连剪发和染发也难不倒她。她为熊猫设计了一个俏丽的短发,让熊猫看上去年轻了五岁,熊猫爱死了她的新发型。

至于我,旺旺在我后悔之前就把我留了十年的长发剪短,理了一个蓬松的齐肩短曲发,然后染成红色。我没想过我可以变得这样好看呢。你能想象一头红短发的我是什么模样的吗?大家都说我看起来很麻辣!

旺旺很迷占星术,她说,我们三个人的星座很合得来,性格又刚好互补。我们是星星、月亮、太阳,大家都离不开大家。熊猫和旺旺每次回老家走走就回来。多年来一直只有我和父亲的家,如今变得很热闹。应该也是很吵闹吧?以下的对话经常在屋子里上演呢:

"熊猫,你有没有见过我那双黄色长袜？为什么我只找到一只？"

"熊猫,有没有看见我的拖鞋?"

"熊猫,洗发水用完了!"

"熊猫,我的睡衣晾干了没？我今晚想穿耶!"

"下次可以喊我国宝吗？可是,国宝为么会在这里帮你们搞卫生？"

"旺旺,可以帮我拔眉毛吗?"

"旺旺,我这样穿好看吗?"

"旺旺,口红借我。"

"旺旺,包包借我。"

"旺旺,这个眼影怎么用?"

"我告诉你们,我是美容教主,我为什么会在这里帮你们两个拔眉毛啊我?"

"妹妹,我今天想喝玉米胡萝卜猪舌汤。"

"妹妹,我今天想吃话梅鸡翅。"

"妹妹,我想吃糯米饭,你上次做的那个腊味糯米饭太好吃了! 我想再吃耶。"

"妹妹,咸鸡蛋吃完很久了,你快点再做一些嘛!"

"我跟你们说,我是麻辣火锅女王,可我为什么会在这里做饭给你们两个笨蛋吃?"

我们是姊妹嘛,有时当然也会拌嘴,可是,熊猫吵架很厉害,她一个能抵一百个,战无不胜。任何人吵起架来都难免会有点激动,气得头发根根竖起来,她熊猫大姊却是嘴角带笑地坐下来,缓缓卷起衣袖,跷起腿,慢条斯理地等着我们排队跟她吵,有时吵得高兴,连四川话也用上了。我和旺旺根本不是她的对手,还是不跟她吵的好。现在我学乖了,不但不跟她吵,反而对她耍无赖。

"我从小没有了妈妈,我跟谁学吵架啊我?我苦啊我!我不跟你吵!你尽管欺负我吧你!我去躲起来哭!"

等我说完走开,旺旺就会凑到她身边,温婉地说:

"她只是闹闹傻气罢了,没事的。"

每次我使出这一招,熊猫只能空张着嘴,完全拿我没办法,对着我的背影喃喃说:

"瓜兮兮的!"

这句四川话翻过来大概就是傻瓜的意思。

四川女孩骂人天下无敌;可是啊,台湾女孩黏人天下第一,香港女孩欺负人举世无双。

我尽说些女孩子的事,你会闷吗?

我下次写写别的事。

底料的秘方,你猜出来了吗? 要不要给你一个提示? 这东西好像很平常,却也不平常。

小红发

二〇〇八年二月十四日

父亲最爱的是哪一个？这个秘密已经跟他一起永远埋葬。有时候，我一厢情愿地相信父亲最爱的是我的母亲。

浩山：

冷笑话！冷笑话！

今天下午，距离开店还有几小时，夏家三姊妹在家里无聊得很，竟把自己母亲年轻时的照片拿出来，研究一下父亲喜欢的女人到底是同一个类型的呢还是完全不同。

二十岁那年的熊猫的母亲，扬起下巴，笑得很灿烂，圆圆的脸，两条大麻花辫，身上穿着白衬衫和长裤，肩上斜挎着一个布包，腰板挺得直直的。旺旺的母亲十九岁时留了一头飘逸的中分长直发，身上一袭波希米亚风的高腰印花长裙，脖子上戴着一串色彩缤纷的木珠项链，笑容甜美。我的母亲二十岁时在一个舞会上穿的是一件贴身黑色高领毛衣和迷你裙,突出两条修长的美腿与姣好的身材,前额覆着厚厚的齐刘海,脑后的头发束成一个高高的发髻,搭配一双当时流行的银色大耳环,脸上一抹忧郁的微笑。

除了她们三个都是女人,实在看不出我们的母亲有什么相同的地方。

"爸爸的品位很广泛,很难捉摸呢。"旺旺说。

"对!就像他吃东西,只要好吃的他都爱吃,呃,我这句话是不是有语病?"我打打自己的嘴巴。

"我妈妈当过知青,那时的女知青都是这么穿的。"熊猫说。

"我妈妈年轻时是嬉皮。"旺旺说。

"我妈妈是乳癌死的。"我说。

熊猫和旺旺看向我,顿时无语。

嘎嘎!我赢了!

过了几秒钟,旺旺对着我母亲的照片说:

"太可惜了,你妈妈这么漂亮的胸部。我妈妈很骨感。"

"我妈妈的肉都长到脸上。"熊猫拿着她母亲的照片皱眉。

父亲最爱的是哪一个？这个秘密已经跟他一起永远埋葬。有时候，我一厢情愿地相信父亲最爱的是我的母亲。死去的那个人，是最难忘的吧？时光往往为早逝的生命裹上一层永恒的美丽哀愁。

母亲生病的那段日子，经常在医院进进出出，手术后的化疗使她掉了很多头发，她索性剪了一个凉快的短发，把两边耳朵露出来，看上去就像个小伙子。父亲开玩笑说，母亲怎么变成了他的儿子？这句话常常逗得母亲抿嘴微笑。

只要母亲那天有胃口，又有兴致，我们一家三口便会出去吃饭。母亲喜欢吃西菜，欧陆的、俄罗斯的，她都喜欢。她喜欢喝俄国沙皇版本的罗宋汤、意大利面，法国鸭肝和柠檬酥芙蕾。父亲手头并不宽裕，可是，我们去的那些餐厅一点都不便宜。如今想来，父亲是倾尽所有想让母亲快乐吧？

当时的我，隐隐知道这些奢侈的美味佳肴是用母亲的病换回来的，我却巴不得母亲每天打起精神带我出去吃饭，吃我喜欢的酥皮牡蛎汤、香烤法国小野鸟、龙虾天使面和苦巧克力蛋糕。我竟没想过一个病人有多累。她是为了我而上餐厅。

到了后来,虚弱的母亲已经不大愿意出去吃饭了,父亲会做些她喜欢的饭菜,她却吃得很少。那阵子,母亲好像变了个人似的,每当我想亲近她,她冷淡和疲累的眼神总使我怯懦与心碎。那时候,我在学校里常常跟那帮欺负你的男生厮打,也许并不全是为了替你出头,而是想要发泄我在母亲那里受到的冷落和伤害。那些冷落和伤害,还有怯懦与心碎,是我无法说与人听的,唯有几个倒霉的男生可以充当我的受气包。

把母亲埋葬在墓园里的那天,我哀伤疲惫的父亲交给我一封信,对我说:

"是妈妈给你的。"

淡蓝色的信封上是母亲方方正正的字,写着:**给我的女儿夏如星。**

我从来没有想过母亲会给我写信。

妹妹:

妈妈觉得很对不起你,把你带来这个世上,却无法陪你经历以后的人生。

当我发现我的病无药可治,我变得不想跟你亲近,我总是狠心地一再拒绝幼小的你对我的依赖,那么,当我离去的时候,你也就不会太难过。

直到时日无多,我才发现,我这样做有多错,可惜,我已经没有时间去弥补。

以后就只有你跟爸爸两个人了。妹妹要快些长大,代替我照顾爸爸。他太浪荡了。

将来无论遇到什么挫折和痛苦,你要学着微笑告诉自己:这就是人生。

这一片良辰美景,总会有尽头。

妹妹,我们今生的缘分太短暂了,下辈子,妈妈和你,我们其中一个人要变成男生,做一对情人。今生对你的亏欠,若有来生,我会用更多的爱去偿还。

妈妈

信是母亲死前不久写的,我的父亲从来没有读过。它是母亲和我两个人之间的秘密。原来,母亲知道我的心碎。

在我苍白的少女时代,多少个夜晚,当我想念母亲,当我悲伤,当我难过,当我痛恨自己,当我想哭的时候,我重又把母亲的信拿出来,流着泪读她写给我的每一个字。我都会背了。

我干吗呢?一开始本来是跟你讲冷笑话的,现在笑不出来了,下回我再讲另一个好笑的。

今天晚上没法写了,再写下去,我可能会忍不住跑去隔壁房间,趁熊猫和旺旺睡着的时候悄悄掐死她们,觉得只有这样,我才对得起我的母亲。

你想要咸鸡蛋的食谱吗?我现在会做呢。等我把熊猫和旺旺干掉之后,再给你食谱。

星

二〇〇八年二月二十四日

我不知道我到底有什么毛病，我以前也告诉过你，我就是爱看人和动物偶然弄得很狼狈的样子。

浩山：

这几天，我一直在想，你去马拉维去了那么久，会不会是打算在那边落地生根，买一个偌大的庄园，讨一个穿露乳装的非洲老婆，生一窝小孩，每个小孩都有一双漂亮无邪的大眼睛和两片性感的厚嘴唇，顶着一头像方便面似的可爱的小卷毛；然后养一群狮子、猎豹、大象、疣猪、犀牛、河马、羚羊和长颈鹿。你永永远远不回来了。当你年老，也许有一百零六岁吧，一天，你孙子的孙子问起你：

"太爷爷，你的故乡在哪里？你的皮肤比我们的白呢。"

你眯起眼睛望着遥远的地平线，搜索枯肠，终于想起来了。

你告诉他们：

"我的故乡在很远的地方。"

孙子的孙子又问：

"太爷爷，你在故乡有没有朋友？为什么从来没有朋友来看你？"

你皱着眉，想了一会儿，嘴边浮上一抹神秘的微笑，缓缓说：

"好像是有一个女孩，叫什么星的，皮肤很白，有一双扁平足，要是她还活着，应该也有一百零六岁。大概八十年前，她写过很多信给我，那时候，这里物资短缺，连草纸都没有，幸好有她的信。我总是盼着她的信写长一些。"

天哪，是这样吗？

要是结果是这样，我可不可以有一个小小的请求？拜托别养疣猪，多养一些长颈鹿算是报答我吧。疣猪长得太丑了，我喜欢长颈鹿。我喜欢看长颈鹿因为脚太长而需要叉开双腿，跪在地上喝水的那个有点狼狈的背影。我不知道我到底有什么毛病，我以前也告诉过你，我就是爱看人和动物偶然弄得很狼狈的样子。

可是,旺旺说,她没听说过马拉维有长颈鹿,那个国家太穷了,养不起长颈鹿;然而,要是柯弟要去那里,她也会跟他去那里。她答应到时候帮我看看有没有长颈鹿,也顺便问问有没有人认识一个许多年前从香港来的男人,他身高大约一米七八,儿时是个胖小子,现在也长得不瘦,一双纯真的大眼睛,说话不多,看上去很好欺负。他是当你迷路时会觉得可以问路的人。

旺旺和柯弟一起六年了,她手机里有一张他的照片,他是台湾职棒队的棒球员,身上穿着球衣。身材结结实实的,蜂蜜色的皮肤,理了一个小平头,一脸迷人的阳光气息,是队里的投球手。

棒球员的训练很艰苦,也要经常出国参加比赛。六年来,他们无法常常见面。两个人约好了,现在分头努力,等他们存到钱,也就是他们再也不会分开的时候。

柯弟是在海边长大的。旺旺想回去他出生的东海岸买一幢小而温暖的民宿,在那儿,可以看到一望无际的大海和斜阳夕照。客房里的床铺、被单和窗帘自然都是她用一台缝纫机缝出来的。

民宿后面有一片农地,柯弟种菜,旺旺养鸡,也养一些鸭子和几条傻头傻脑的小狗。

每天黄昏,旺旺和柯弟手牵着手,把鸡和鸭子留下,带着兴奋的小狗去海边看落日。她喜欢散步时有几条小狗在她和柯弟的脚边互相追逐,好像随时也会把他们绊倒似的。当柯弟使劲丢出一个球,小狗们立即改而追逐那颗球,抢着把球衔回来交给主人。

为了她和柯弟的海边美梦,旺旺钱用得很少,也睡很少,一有时间就不停打毛衣和做饰物。除了网店的客人,常常光顾火锅店的几个小舞女也成了她的熟客,给她介绍很多生意。旺旺喜欢做买卖,做起买卖来,一副很利落的样子,其实却是个没心肝算计的人,完全不会标价,明明亏了本还以为赚了,害我和熊猫经常要帮她把货品重新标价。

只要觉得那天又赚进一笔钱,旺旺便会趴在床上喜滋滋地叨念着她那个梦。每当她把梦再说一遍,我和熊猫也会为她那幢民宿加入一些新的点子。

我跟她说,小狗的嘴巴才没大得可以塞下一颗棒球,她该养几头牧羊狗或是拉布拉多犬陪她和柯弟去海边玩球。

熊猫说，既然有牧羊狗，那便要养一些羊，让牧羊狗可以赶羊。

一段日子下来，旺旺那幢民宿里头不但有了很多狗和很多羊，还有露天温泉、几棵柠檬树、一头乳牛、两头猪和一家"老爸麻辣锅"的分店。

虽然比不上你那个庄园，可她离我比较近。要是我写信给她，旺旺也不会拿去当草纸用。

我非常恨你。

我可能不再写了。

星

二〇〇八年三月七日

为什么我从前不懂单纯踏实的美好，反而以为爱情只能用复杂的东西去换取？我干吗老是迷恋那些没有希望的爱情，觉得这样的爱是温柔的？

浩山：

我想过了，那个非洲庄园跟草纸的故事是我自己幻想出来的，没有任何证据之前，我先不恨你。我就继续写吧。我好像已经爱上了写。

用不着等到一百零六岁，要是你现在见到我，也许会认不出我来呢。我变得很邋遢了。

火锅店每天半夜两点钟打烊，我大约两点半回到家里，扑上床睡觉。四个钟头之后，我逼自己爬起床，脸也不洗了，随便往脸上喷点清凉的矿泉水，把乱蓬蓬的头发束起来藏在一顶帽子底下，披上昨晚丢在床脚的衣裤，套上球鞋，然后蹑手蹑脚离家，尽量不吵醒还在睡觉的熊猫和旺旺。

这时,天还没亮,我开着父亲的小汽车穿过清晨宁静的街道往菜市场去。每个菜市场卖的东西也不一样,因此,我一个早上会去三个菜市场,有时是四个,看看当天有什么好东西。我跟肉贩、菜贩和鱼贩聊天、打交道。我学会了毫不脸红地杀价,然后看着他们苦哈哈地点头,承认败给我。我很满意地付了钱,请他们替我把战利品搬上车。

火锅店当天的菜都买好了之后,我把车停在春园街,走进"金凤",坐下来喝一杯热腾腾的甘香的奶茶,那是我给自己的奖赏。回家之前,我把车子拐到"檀岛",买六个刚出炉的酥皮蛋挞,这是夏家三姊妹指定的早餐。吃完蛋挞,我爬上床再睡一回,这时,我可以一直睡到下午,然后开始干活。

牛仔哥他们几个说,只要不把帽子脱下来,我现在看上去就像个小混混,手臂上说不定还有一块刺青。我听到不但没有生气,反而咯咯大笑。

旺旺说,从前的台湾女人都是油麻菜籽,落到哪里就长到哪里,可她是新品种的油麻菜籽,爱落在哪里就落在哪里,爱怎么长就怎么长。谁敢说新品种的油麻菜籽不会长得像长白山上的人参呢?传说这种名贵的药材好像长了一双脚似的,前一天明明长在这边,过了一晚,竟会自个儿长到另一边去。

怎么我觉得我也有点像油麻菜籽?

我以前买的那些裙子和高跟鞋,搁在衣橱里很久没穿了;曾经很中意的花了几个月薪水买的包包,也用不着了。我有一条棉裤穿了半个月依然舍不得换下来,是熊猫受不了我,偷偷把裤子拿去洗。

我无法想象从前每天都赖床,起不了床便索性装病不上班的我,如今居然一听到闹钟大吼就爬起身。即使是突然降温的严寒的早上,我竟也不留恋我温暖的被窝,起床的一刻,心里甚至觉得高兴,因为我知道,火锅店今晚的生意会很好。

人的弹性多大啊?有一段日子,我每天也化很浓的妆,穿很贴身的衣服,觉得那样的我才会被人所爱。今后的我还会这样吗?

为什么我从前不懂单纯踏实的美好,反而以为爱情只能用复杂的东西去换取?直到如今,我才明白,跟心爱的人一同为海边的一座民宿与落日余晖下的散步而努力,这样的爱绝不会比不上一段爬满眼泪和伤痕的爱情。深情不见得一定要用复杂的东西去证明，就好像考验一个厨师的，往往是最简单平凡的食材：一个鸡蛋或是一篮子马铃薯。

同是一个父亲所生，我追寻的幸福跟我两个姊姊为什么会截然不同？我干吗老是迷恋那些没有希望的爱情，觉得这样的爱是温柔的？

而今，我终于明白我为什么会爱上程杰，那不就是我的情结吗？(天哪！我当时怎么没想到这一点？)他是没有希望的。那么浪荡的男人，又怎会只爱一个女人？然而，他满足了我的虚荣，那么多的女孩子想要他，他却爱上了我。

我曾经以为那是爱，我到现在也不会去否定它，它是当时的爱。只是，这样的爱太卑微了，要用很多的眼泪去换取，却又那么短暂。

他爱的终究是他自己，我爱的也不过是那个自哀自怜的我，满以为他喜欢的是那样的我：一个没有自我、只知道爱慕和崇拜他的我。漫长的一年，我把自己糟蹋成那样，不肯承认他早已经不爱我了。我不愿意父亲看到我的样子，多少个夜晚，我跑到你家里，拉着你陪我喝酒，然后占着你的床哭得死去活来,把你赶到沙发去睡。

直到那个晚上,我没让你去睡沙发。到底是你诱惑我还是我诱惑了你啊?我已经想不起来了,也许你和我都有吧。

我们八岁那年认识,第一次上床,竟然是十四年之后。

天哪!我现在还是觉得整件事情很诙谐。你别生气。其实我挺享受的。我的意思是,当我早上醒来看到没穿衣服躺在一起的我和你,我觉得我不是跟一个男人上了床。你别误会我的意思,我不是说你在床上的表现。我是说,十四年了,我一直觉得你是我的弟弟。我们是不是乱伦了啊我跟你?

我竟没意识到你已经长大,是个男人;我也忘了我已经长大,不再是当天那个瘦小的小女孩,而是一个穿胸罩和有能力怀孕的女人。

我不知道我是如何手忙脚乱又狼狈地从你家里走出来的。

请原谅我伤害了你。当时的我,除了逃避,完全不懂处理这种畸形的关系。

后来的一天，你告诉我，你要去非洲。你的口吻好像很轻松，你的眼睛却回避我的目光。你说，那是你一直渴望的旅程，你很久以前已经想去。然后你说，为了一心一意修行，你不会带着你的手机和计算机去，没有人可以找到你。那一刻，我知道我也许永远失去了我最好的朋友。

　　这些话，不知道为什么要等到今天才有勇气告诉你。

星

二〇〇八年三月二十日

对呀，曾经的苦涩、只要撑过去，有一天，娓娓道来，都可以化作笑谈。每个人要是活得够老，或是多爱几个人，也会有很多这样的笑谈。

浩山：

你知道吗？我的书架上现在堆满了各种料理的书，有食谱和美食札记，也有食材故事和餐饮指南。这些书给了我很多做菜的灵感。我开始自己做些饺子和丸子，我甚至在厨房里架起了一只油锅，专门用来炸油条。我不知道马拉维的情况，可是，香港这边，牛肉和猪肉的价格在过去一年已经涨了百分之四十。这种日子怎么过啊？我认识的那些肉贩都叫苦连天，我也不好意思杀价杀得他们太惨。

现在却也不是加价的时候，唯有想想法子，做一些利润不俗、成本不高，但是味道很好的菜品。饺子和丸子很受欢迎，油条跟火锅真的是天生一对。我炸的油条是胖嘟嘟的，看上去像甜甜圈,矮胖的油条可以吸收更多汤汁,无论浸红汤还是白汤都很好吃。这些都是以前没有的,未来我会试试做更多新的菜品。熊猫和旺旺都很支持我呢,常常把饺子和丸子吃光,又说我炸的油条很矮但很可爱。

对了!锅底外带简直是一条财路!天气冷的时候,尤其是周末和星期天,单单是卖锅底也忙不过来呢。

父亲一直坚持保留原味,要是他看到这些改变,不知道会不会生气?有些东西是不会变的,就是"老爸麻辣锅"只有红汤和白汤两个汤底。其他的一些改变却是无可避免的。麻辣火锅起源于重庆,到了成都之后,口味跟重庆的已经不一样;台湾的又跟重庆和成都不同,已经很难说哪里的口味最正宗,大家都在传统的基础上不断创新,希望变得更好,不要被时代淘汰。

我可没有我的父亲那么浪漫,"老爸麻辣锅"要不亏本才可以生存下去。原来,我也是很喜欢做买卖的,而且比旺旺精明。

生活已经把我磨炼成一个毫不浪漫的人了。不知道有一天我会不会怀念从前那个喜欢挥霍着青春的、有点颓废的夏如星？

跟你说这些,你会闷吗？噢,我有没有跟你讲过熊猫跟五粮液和窝窝头的故事？

五粮液这个名字是我和旺旺替他起的,这个人的真名已经不需要记住,只需要知道这种四川产的烈酒很苦,够呛的。他是熊猫大学时的恋人。两个月前的一个夜晚,过了午夜,店里渐渐空了,忽然走进来三男一女四个客人,其中一个就是五粮液。他鼻梁上架着无框眼镜,身上穿着黑西装,脖子上的领带松开了,看上去有点累,把公文包放下就站到店外抽烟。

这时,熊猫刚从厨房走出来。看到他时,她的脸一下子收紧。

他也看到了她,吃惊地问她：

"咦,你为什么会在这里？"

"这家店是我爸爸的。"她淡淡地回答。

"哦,我是头一次来,前天从上海来这边开会,明天就走。"他朝她微笑,跟她说起了四川话。我和旺旺伸长耳朵也没听懂他们两个说什么。

然后,熊猫跟我和旺旺说:

"我出去一会儿哦。"

跟五粮液一起来的那几个客人已经买单离开了。我和旺旺在店里没等到她,只好先回家。我们回家没多久,熊猫也回来了。向来无忧无虑的熊猫,脸上竟带着几分怅然。那个晚上,我们三个人聊了很多。

他们是大学同学,五粮液读书的成绩很优秀,住校的那几年,熊猫把他照顾得无微不至,让他可以专心读书,就连生活上所有的开支,都是由她一个人负担。大学毕业后,五粮液决定去上海找机会,她留在成都工作。两个人约定了,过几年,等他闯出一番事业,他会接她去上海,跟她结婚。

起初那一年,他给她写信写得很勤,然后愈来愈少,假期也总是找借口不回去。每次她想去上海找他,他总是诸多阻挠,一会儿说要出差,一会儿又说最近每天都要加班,压力很大,她来了他也没时间陪她。要是她坚持要去,他会大发脾气,说她不体谅他,又哄着她说他很快会回去成都看她。

两年没见到他之后,她终于买了火车票去上海找他。

他没想到她会来。他挡在门外,没让她进屋里去,她知道屋里头是有另一个女人。他也承认了。

她从他家里走出来,一个人穿过陌生城市的街道,回到车站,孤零零地在那儿坐了一晚,然后搭上最早的一班火车回家。她永远忘不了那天晚上那个淡泊的月亮和那群不停叮咬她的蚊子,还有一只灰灰的鸽子一直在她脚边徘徊。她从来没见过这么悲伤的鸽子。

"上了车,我慢吞吞地找了个位子坐下来,擦干眼泪,拿出手机,打电话给爸爸说:'爸爸,我是如日,我回去咧,我以后再也不要爱任何人了。'"她抿嘴笑笑,"爸爸那天在香港,根本不知道我跑到上海去了,我把他吓坏了。"

她接着说:

"他刚刚跟我说,他还是爱我的,他觉得很对不起我,又说了很多以前的事,他说,借我的钱,他一直有想办法还给我。你猜我怎么想?"

我和旺旺问她:"怎么想?"

她说:

"我就想:'天哪! 我看起来真有那么笨吗? 他为什么

竟认为我会相信他那些鬼话！'我猜他近来很失意吧？还有就是，他今晚很寂寞，酒店的房间应该是只得他一个人住。"

我们三个人咯咯地笑了。对呀，曾经的苦涩，只要撑过去，有一天，娓娓道来，都可以化作笑谈。每个人要是活得够老，或是多爱几个人，也会有很多这样的笑谈。

那天从上海回到成都之后，熊猫辞掉了工作，帮她舅妈打理两家茶馆的生意。舅妈很疼熊猫，看到她常常形单影只，到处为她张罗相亲的事。熊猫第一次相亲的对象就是窝窝头。窝窝头的名字是我和旺旺改的，他本名朱平，有一颗可爱的大头。大熊猫都爱吃窝窝头嘛，所以我们喊他窝窝头。

窝窝头长得干干净净的，一张憨厚的脸，是个老实人。他家里是开花店的，每天埋头埋脑干活，错过了很多姻缘。窝窝头相亲是为了结婚，可是，熊猫不想那么快结婚，他都听她的。他说他会一直等她。

"窝窝头没五粮液那么聪明，他是个心思很简单的人，喜欢一个女人就一个劲地只想对她好。他爱我，也需要我，他不会离开我，也不会离开四川。有一种四川人是离不开四川的,像他、像我,离开了四川就会想念四川,想念四川的辣椒,想念四川的山水,觉得整个中国除了四川都是异乡,世上没有一个地方比四川好。"她说着说着自个儿笑了起来,又说:

"我只想找个人一起过寻常日子,没有波澜,却也不会悲伤,遇到蚊子欺负我的时候,我把他推出去替我挡蚊子,他绝对不敢说不。"

后来有一天,我用玉米面做了一盘香喷喷的窝窝头给熊猫吃。她一边吃一边说:

"嗳,妹妹做的窝窝头很有水平啊! 窝窝头是可以天天吃的,跟米饭一样,能吃一辈子。但是,五粮液只要喝醉过一次,永远也忘不了那痛苦的穿肠的滋味,无论如何,以后再也不想喝了。"

长久以来,人们不都渴望自由恋爱吗? 到头来为什么会是在相亲的路上找到幸福? 是不是就像熊猫说的,要是两个人没有缘分,也是不会相识的?

会不会有一天我也去相亲? 不是现在,也许等到三十六岁或者再老一点的时候吧。

相亲的那天,那个看来挺不错的男人问我:

"夏小姐家里还有什么人?"

我回答他:

"两个姊姊跟一个姑姑。两个姊姊都嫁了,姑姑还没嫁。"

"喔,我有一个叔叔也是单身,你姑姑今年多大了?"

呃,这个男人还想顺便帮他叔叔相亲呢。

"哦,我姑姑今年一百一十岁。你叔叔呢?"

这时,对方垂头败气地说:

"我叔叔也不年轻了,五十一。"

"呃,那太可惜了,晚了六十年啦。"

然后,这个老好男人又问:

"夏小姐,你条件这么好,人又风趣,应该有很多男孩子追求才是,为什么会愿意相亲呢?"

我朝他咧嘴笑笑:

"都是因为你啊!你约我来这家餐厅相亲嘛,我听说这里的菜很好吃,可是很难订到位子。"

那时候已经嫁了人,抱着小熊猫或是小窝窝头的熊猫

听完了我相亲的经过,没好气地说:

"瓜兮兮的!你这是相亲吗?你是捣乱呢!"

一个真心喜欢我的人,不是应该喜欢我的真面目才是吗?

今晚干吗呢?说了一大堆饺子和丸子,又五粮液又窝窝头的,肚子好饿呢,我想狂啃一顿窝窝头,然后把冰箱里那块邪恶的苦巧克力干掉,再喝一小杯香甜滑腻的红波特。要是吃撑了肚子依然没有睡意的话,那就去看一会儿书。

再聊吧。

星

二〇〇八年四月十二日

秋天在哪个塌塌啊？

这段日子以来，给你写了许多信，一转眼，冬天已经过去，夏天也不远了，

浩山：

有句话是熊猫常常挂在嘴边的：

"冬天来寡了，春天在哪个塌塌啊？"

意思是："冬天已经来了，春天还会远吗？"

不过，她说的是四川话。

无论遇到什么不开心的事，譬如说，我花了很多心思做的一道菜没有我期望的好吃，她会一派乐天地安慰我：

"冬天来寡了，春天在哪个塌塌啊？有了失败的经验，这次做不好，下次会好的。"

看到天上的月亮或者看到旺旺而还没看到我，她会愉快地说：

"月亮来寡了,星星在哪个塌塌啊?"

要是店里有客人问:"小姐,我们点的牛肉为什么还没来?"

熊猫就说:"先生,锅底来寡了,牛肉在哪个塌塌啊?"

就连旺旺也学着她,用闽南话说:

"冬天已经到矣,春天哪阁会远咧?"

"粉果已经到矣,春卷哪阁会远咧?"

可是,我不喜欢春天,这么湿答答的天气,我觉得整个人都可以拧出水来,就连头发也好像随时会潮掉。在这样的季节里,每一场雨也是温吞吞不痛快的,我最恨不痛快的东西。

我只好跟自己说:"春雨来寡了,盛夏在哪个塌塌啊?"

这个时节,最能让我高兴的,是店里的生意还不错啦。冬天吃麻辣火锅是为了取暖,春天是为了祛湿。春天的底料要减辣,吃起来才会觉得通体舒畅,不能像冬天的底料做得那么辣,药材和香料也要加减一些。我渐渐已经掌握到窍门了。

喔,对了,说过要给你咸鸡蛋的做法,现在就写。

你那儿应该没有花椒、八角和茴香吧？所以，我教你做的咸鸡蛋是比较简单的。

煮一锅盐水，盐要一点一点地加入沸水里，一边煮一边用勺子拌匀，直到盐不能再溶，沉到锅底，尝起来感觉微咸就可以了。

鸡蛋用水洗过之后，用毛巾抹干净。

找一只坛子，把晾凉了的盐水倒进去。

把鸡蛋放进坛子里，鸡蛋会一个一个漂在水面，这时的鸡蛋又名"水上漂"。

把盖盖严，然后把坛子放在大风吹不到、烈日晒不到、雨水也不会落下的地方，但也不能放在太阴暗的地方，偶尔晒晒四点钟的斜阳或是午夜的月光是可以的，而且对鸡蛋有益。

记着要每天用筷子翻动鸡蛋，让每颗鸡蛋也能泡到盐水浴。

二十一天后，把鸡蛋拿出来，在沸水里煮四分钟就可以吃了。煮熟的鸡蛋，蛋黄是油亮亮的，像螃蟹黄，蛋白很嫩，很下饭。

我反复做过试验,二十一天二十一夜是它最好的时间,不能是二十天,也不能是二十二天。这期间要耐心等待,满怀盼望,时候一到,就可以打开坛子。

做这个咸鸡蛋没有什么窍门,唯一的窍门是时间。时间就是秘方。法国奶酪、西班牙风干火腿、意大利百年陈醋……这些世间的美味,无一不是时间的魔法;就像光阴把曾经的苦涩化作日后的笑谈,岁月也抚平了青春的躁动。

你想吃咸些,可以等到第三十天,但我不建议这么做,你好像也不喜欢吃太咸呢。

不知道你在马拉维吃得好不好?在那么贫穷的地方,要是偷偷吃得太好,善良的你也许会觉得惭愧,我就不给你寄上天下间最美味的法国奶酪和西班牙风干火腿了。这些咸鸡蛋应该足够给你补充营养。

这段日子以来,给你写了许多信,一转眼,冬天已经过去,夏天也不远了,秋天在哪个塌塌啊?春去秋来,季节变换,有些东西,一旦消逝了,也许是拉不回来的。我到底有多渴望收到你的回信,就像有时候终于鼓起勇气拨通某个人的电话,既希望对方拿起话筒,却也希望对方没有拿起话筒。当电话那一头没有人接，心里反而松了一口气，告诉自己，我已经做了我该做的事。

多傻啊！所以，你回不回我的信也没关系。

我只想你幸福，只想你过得好。有空请代我去看看美丽的长颈鹿。

有机会我会再写。

送上很多很多的祝福。

星

二〇〇八年四月二十七日

> 每一个当下，都已经成为过去。流逝的不是时间，而是人。就像你说的，时间是使一切变得美味的魔法。我想，时间也让人领略到生命的各种滋味。

亲爱的如星：

对不起！太对不起了！昨天刚从南非回到马拉维，完全没想过会看到你的信。我是去年十二月去南非的，刚好是你写第一封信的前两天。来马拉维一年之后，我决定到南华寺短期出家修行，那是非洲仅有的一座寺院。离开这里的时候，根本没想过会有人写信给我，所以也没有交代这里的朋友把信转给我。没想到，在寺院里生活了五个多月，回到孤儿院，等着我的是你熟悉的字迹。

一开始读你的信，知道了夏叔叔过身的事，心里很难过，也很担心你，但是，一路读下来，当我把你的信全部读完，我放心了。

昨天晚上反复读着你的信,以免遗漏一些什么。你变了许多呢。

你从前好像只对衣服鞋子的价格好奇,而不是猪肉和牛肉,我看现在即使要你亲手杀一头猪,你是眼睛也不会眨一下。你跟我说这些,我丝毫不觉得闷。那种矮胖的小油条,看得我猛吞口水。除了饺子和丸子,未来还会有哪些新的菜品?我太想知道了。

现在是不是应该称呼你作麻辣火锅女王?我从来就没有怀疑过你的天资聪颖,你对自己太没信心啦。

你说,牛仔哥说你现在只要不把帽子脱下来,看上去就像个小混混,说不定手臂还有一块刺青。我一直觉得,你骨子里本来就是一个小混混,只是别人没看出来。

你真的变了,你竟肯承认自己是个混蛋。你不说,谁又敢说呢?

你问我,马拉维是不是在这个地球上。

马拉维当然是在这个地球上的,不然你以为我去了哪里?马拉维位于非洲东南内陆,邻接赞比亚、莫桑比克和坦桑尼亚,是世界第三贫穷的国家,每年人均收入还不到一百八十块美金,市内随处可以看到茅屋和砖砌的小土房,还有一望无际的猢狲树和野地。孤儿院就在布兰岱。

你担心我被狮子吃掉。来这里超过一年,我连狮子的头毛都没见过。马拉维有七座国家公园,野生动物都在国家公园里,最就近的是南部的里旺地国家公园,听说那里有很多黑斑羚、河马、大象和狮子,豹子很少,不知道有没有长颈鹿。

为什么爱看长颈鹿手忙脚乱喝水的模样呢? 我比较喜欢它们纯真的大眼睛。

你说,你听说胖女人在非洲代表美丽,万一哪天你变成有几层下巴的大胖妞,至少还可以远走非洲。

胖女人在非洲是很受欢迎,这里太穷了,的确很难找到一个胖子。物以稀为贵嘛。但是,非洲人的审美观念跟我们很不同。非洲苏里族的女人都在下唇嵌一个像十二时披萨那么大的泥盘,把嘴巴撑得比脸还要宽,河马看到她们也会以为大家是亲戚。可是,这就是她们对美的标准。

(呃,你现在是不是已经有几层下巴? 那你岂不是也跟河马做亲戚了?)

你又问我，这里的邮车会不会是一台由几只小猫拉着的木头车，担心我不知道什么时候才会收到你的信。

哪里会有猫儿懂得拉着邮车送信？若有的话，那是神猫咧。

这里的邮车是一台破破烂烂的小汽车。有时候，我们也会直接去邮局拿包裹和信件。这里的效率，是不可能跟香港比。住久了，你却也会习惯它的缓慢。

你想象力也太丰富了吧？说我可能在非洲落地生根，娶一个穿露乳装的老婆，生一窝孩子。

要是我真的决定在非洲落地生根，又怎会只娶一个老婆那么笨？非洲奉行一夫多妻制，这里简直是男人的天堂，娶多少个老婆都可以。非洲南部的小国史瓦济兰现任国王就有十三个老婆，还打算再娶。老国王更是娶了八十几个老婆。

你怀疑我把你的信拿来当草纸。你的信是最好的礼物，决不会变成草纸。草纸这里有啊，虽然比较粗糙，也没短缺到这个程度。何况，必要时，这里有多到数不清的树叶，秋天叶落的时候很美。

你问我,要是你活到一百零六岁,身体缩小了,看来像一颗葡萄干,我到时候可会认得你?可会记得你青春年少的模样?

当你一百零六岁,我也一百零六岁了,即便你变成一颗葡萄干,我也会认出你来,当然也记得你青春年少时的可爱的模样。正如你说,每个人都有一个让人一眼认出来的标记,至于你的标记,我就不告诉你了。

你说,四川女孩骂人天下无敌,台湾女孩黏人天下第一,香港女孩欺负人举世无双。四川女孩我不认识,这里有好几位从台湾来的义工,都是温柔贤淑的。香港女孩欺负人,也真的是举世无双。我见识过了。

(呃,我什么都没说。你一直对我很好,不用自我批评。)

咸鸡蛋要晒四点钟的斜阳和午夜的月光?斜阳还可以,但是,午夜的月光?而且,我得先去偷一只坛子。天下最美味的法国奶酪和西班牙风干火腿可以帮我留着吗?这里是吃素的。幸好,鸡蛋还是可以吃的,而且,鸡蛋在这里是上等的美食,能吃到鸡蛋是很幸福的。

你要我留意有没有形迹可疑的飞鸟老是在我头顶盘旋或是在房间的窗外不怀好意地盯着我,说非洲巫师都爱利用鸟儿来施巫术。

什么样的飞鸟才算是形迹可疑和不怀好意呢?你让我很困惑。

你又说,尤其要提防漂亮的女人,漂亮的女人无缘无故向我送秋波,千万别上当,愈是漂亮的,巫术愈厉害。

唉,从来就没有漂亮的女人向我送秋波。可是,你的意思是不是说漂亮的女人对我好,肯定不是真心的?你这么说真是伤透了我的心。四岁的薇雅就常常用她那双乌溜溜的大眼睛看我。她是艾滋病童。去年,我们把她从水沟边捡起来的时候,她已经奄奄一息,但她努力活下来了。

这里有一个五岁的男孩,也是叫阿旺,是在草丛里捡到的,那时他已经几天没吃过饭。阿旺的父母死了,只剩下一个外婆,家里孩子太多,外婆没能力养他。

两年前选择来这里,当时只带了日用品和几件衣服,行李里头装的都是书,没带计算机和手机,一心想把自己跟外面隔绝,追求内心的平静。

谢谢你解开了我心中的结。原来我并没有那么糟糕。我一直以为你因为那天晚上的事而恨我。

我觉得我伤害了你,也伤害了我们之间的感情。说什么跟你是同生共死的兄弟、肝胆相照的朋友,其实骨子里还是个好色的男人。我是生自己的气,不知道如何去面对自己,也不知道如何去面对你,才把自己放逐到马拉维来。当时也不知道会留多久,来了之后却喜欢上这个地方。

我在这里负责教小孩子英文,我也帮孩子们剪头发。可是,很难剪到清汤挂面,他们都是天生卷毛的,像你说的,他们的头发像方便面似的。而且,这里的小孩长头癣很普遍,义工都会把孩子的头发刮得很短。他们刮光头也很漂亮,因为他们眼睛又圆又大,睫毛又长又弯。我还没见过眼睛不圆不大、睫毛不长不弯的。

这边的天空亮得很早,每天早上四点钟,听到敲钟,大家起床做早课,大人跟孩子们一起诵经打坐。课余活动就是劈柴、除草、种菜。

孩子也要习武,学的是咱们中国的少林功夫。教武术的是台湾来的老王,他年轻时拿过武术冠军。

这里每个小孩都有一个悲伤的故事。然而，你在他们脸上看到的却是纯真和快乐。他们喜欢唱歌跳舞，一个汽水瓶盖或是纸做的足球就是他们的玩具。

孩子们日常吃的是玉米磨成粉加水煮成的玉米糊，还有一种用许多不同的豆子煮的豆浆，没什么味道，却是主食，能吃到这些已经很幸福，来孤儿院之前，他们一天只吃到一个木薯。

在这里，虽然物资缺乏，心灵却是前所未有的充实。来当老师的人，反而成了学生，学得更多，真正明白，活在当下。

在这个人均寿命只有三十七岁、艾滋病肆虐的地方，能够活着，或是脚上有一双鞋子穿，是多么的幸福。在这里，学习放下心中的执着，明白贪欲痴爱的苦，没有圆满，真正体会到事如春梦了无痕。

现在是冬天，虽然是非洲，这里地处空旷，风飕飕的，比香港的冬天冷很多，很想念你家的麻辣锅。

我也喜欢这句话："冬天来寡了，春天在哪个塌塌啊？"

每一个当下，都已经成为过去。流逝的不是时间，而是人。就像你说的,时间是使一切变得美味的魔法。我想,时间也让人领略到生命的各种滋味。

底料的秘方会不会是苹果？你说这东西好像很平常,却也不平常,假如不是苹果,会不会是我家出品的"津津"话梅？我家的话梅还真的是看似平常,也绝不平常。

期待看到更多关于熊猫和旺旺,还有老姑姑的现场报道,你没有真的掐死她们吧？她们太可爱了,尤其是爱喊你"笨蛋"的老姑姑。很想念牛仔哥、猪仔哥和番薯哥,请代我问候他们。

祝"老爸麻辣锅"生意蒸蒸日上。

浩山

二〇〇八年五月二十九日

附记：

你的信依旧可以寄来孤儿院,我暂时不会离开。你也可以写电邮,我应该可以找到计算机收电邮,只是,这里的网络不稳定,大家都尽量不上网,我也不好意思占用计算机,不过,接收电邮还是可以的。

　　大前提当然是你想写。

　　这里六点钟已经天黑,没有光害,常常可以看到漫天闪亮的繁星。每一颗遥远的星星,仿佛都有一个故事;毕竟,能够被人类眼睛看到的星星,其中一些也许已经是一千万年前的了。时间是多么吊诡的东西。

　　好好照顾自己。

我决定了，我还是喜欢写信，不写电邮，这样你可以看到我的字、像星星那样，跨越遥遥远远的千山万水抵达你手里。

亲爱的浩山：

天哪！你终于回信了！你还活着！你没有被狮子吃掉！你去非洲快两年了，把那么多可爱的孩子的头刮光，却竟然连狮子的头毛都没看过，你在马拉维都做什么啊？

短期出家要剃头的吗？会不会有天变成长期出家？

要是我真的活到一百零六岁，变成一颗葡萄干那么小，一阵风就可以把我吹走，说不定还可以藏在口袋里，那可方便了。到时你也能认出我来吗？我那让人一眼就认出来的标记到底是什么？为什么不告诉我？说嘛！

猢狲树是什么样子的？我只知道"树倒猢狲散"。

你们在孤儿院里都种什么菜？我也想去找一块菜田种

菜,火锅店以后就卖我种的菜。可是,想租一块菜田要跑到元朗去呢。我正在挣扎要不要每星期找一天去耕田。熊猫的母亲当知青的时候下乡种过田,她跟熊猫说,那时候,她们几个种田的女知青最渴望的就是下雨,下雨了,大伙就可以放下手里的活,坐到屋瓦下面歇一会儿,看着雨打在台阶上,打在田畦上,打在远方的远方。她永远忘不了那个渴望雨声的年代。

香港今天一直下着大雨,许多年之后,还是会下雨的吧? 只是,看雨的人已经不一样了。人面桃花。也许就像你说的,时间从来没有流逝,流逝的是人。

如今,我们看到雨就发愁。下雨天,客人也不来了。我上次做给熊猫吃的窝窝头很成功,所以我打算做些窝窝头,不过,我做的是小窝窝头,否则,客人吃窝窝头吃饱了就不点其他菜了。我也做一些包子,咸的甜的都有,还有汤圆。真没想到芝麻汤圆浸红汤很好吃呢,外面是辣的,里面依然是甜的。

我的天! 非洲苏里族的女人都在下唇嵌一个大泥盘? 很难想象嘴巴比脸大是什么模样的。她们怎么吃东西啊?

她们能说话吗？下雨怎么办？睡觉时只可以仰睡么？

你问我现在是不是已经有几层下巴？

我一直都只有一个下巴！你才跟河马做亲戚！

非洲是一夫多妻制？那么，在非洲当和尚是很大的牺牲吧？你去当和尚吧你。

史瓦济兰的老国王娶了八十几个老婆？原来我的父亲三个老婆不算多。父亲年轻时在马达加斯加住过一段日子，不知道他那时会不会娶过几个非洲老婆。这些非洲女人不愿意离乡别井跟他回来，含泪把他送走。不知道她们会不会是苏里族的？要是那样的话，她们的眼泪不都掉到嘴巴里去吗？无论掉多少都装得下，还真的很方便呢。

你问我为什么爱看长颈鹿手忙脚乱喝水的模样。就是好看嘛，我也喜欢长颈鹿纯真的大眼睛和羞涩的神情。长那么高，胆子却又那么小。

没见过眼睛不圆不大、睫毛不长不弯的非洲小孩？我妒忌死了！我一直渴望拥有一双又圆又大的眼睛和又长又弯的睫毛。

四岁的薇雅是艾滋病童，那她能活多久？孤儿院也收容艾滋病童吗？你那边也有一个阿旺啊？我这边的是旺旺，皮肤很白。

虽然你说我是小混混，收到你的信，还是很激动，这几个星期，我的心情太复杂了。

你那边能看到新闻吗？你知道五月十二日四川汶川发生七点九级大地震吗？房子塌了，山也塌了，河也塌了。熊猫那天在成都，她是地震前几天回去为窝窝头庆生的。两天没法跟她联络上，我和旺旺都吓死了。幸好，最后终于找到她，家里所有人都平安。四川现在每天都有余震，太可怕了。

熊猫是前天回来的。我和旺旺到机场接她，见面的一刻，就像劫后重逢，三个人都忍不住哭了。别人都是送机的时候哭，哪有人接机的时候哭？我们成了怪物。哭完了，熊猫擦擦眼泪说：

"我们去吃什么？这么难得活下来，我要好好地吃！吃完我们去看姑姑。"

我们打算找一天接老姑姑出来吃麻辣锅呢。她许多年没吃了，我们想给她一个惊喜。

孤儿院里有很多来自台湾的女孩吗？那你的"国语"现在是不是很棒？

香港现在很难看到星星了。有一天夜晚，我跟熊猫和旺旺坐在避风塘的海边看星星，找到几颗不太亮的，不知道它们是跨越了多少个光年来到的。以前我和你不是常常坐在那儿的石级上看星星的吗？那时的星星亮多了。

非洲人吃火锅吗？真想快递一个麻辣锅给你。法国奶酪和西班牙风干火腿本来也想留着给你，不过，既然你说我骨子里是个小混混……

秘方不是苹果，都说好像很平常，却也不平常。苹果很平常咧。也不是你家出品的"津津"话梅，你想得美！

再给你一个提示：这东西可以卖很贵，也可以很便宜。

随信附上夏家三姊妹的照片，站在中间的瓜兮兮的是熊猫，眼睛像做梦似的那个是旺旺，红发的看上去最聪颖又苗条的那个当然是我。

我决定了，我还是喜欢写信，不写电邮，这样你可以看到我的字，像星星那样，跨越遥遥远远的千山万水抵达你手里。这份感觉美好些，而且我也想看到你的字。

怎么会以为我恨你呢？从来就没有。不过，要是你敢再说我跟河马是亲戚，我可不敢打包票。

你也要好好照顾自己。

铜锣湾的小混混

二〇〇八年六月十六日

有时会看到两棵猢狲树缠在一起长，仿佛已经这样站了几百年，彼此挨着，一起看过无数的日出日落，也看过天空上数不清的飞鸟往复，还会一直看到永远。

铜锣湾的小混混：

看到你寄来的照片。熊猫很可爱，旺旺长得很漂亮……明明是一个父亲生的，可为什么？呃，我什么都没说。

这里没有电视，也没有报纸，地震的消息是后来才知道的，关于地震的资料也不多。老王说，汶川地震的强度是九九年台湾那场地震的五倍，知道之后很难过，真正体会到生命的脆弱无常，永远把握不住。所有的喜怒哀乐，悲伤苦恼，如同空中鸟迹，过去不留，永远拉不回来了。你的熊猫姊姊是真正懂得活在当下。

短期出家可以选择剃头或是不剃头，生活就跟出家人一样。你也赞成我去当和尚么？我好好考虑考虑。

111

干吗妒忌孩子们又圆又大的眼睛呢？你的眼睛已经够大了，黑白分明，也很聪慧。难道你希望你的眼睛比嘴巴大吗？

猢狲树足足有几只长颈鹿叠起来那么高，树干粗壮肥大，可以挖出一个巨洞来。直到十九世纪初，还有人是住在这些树洞里的。这种树的树枝光秃秃的，向四面八方伸展，不像树枝，反而像树根，整棵树好像倒转过来似的，的确有点"树倒猢狲散"的意味。

猢狲树不知道是怎么长的，有时会看到两棵猢狲树缠在一起长，仿佛已经这样站了几百年，彼此挨着，一起看过无数的日出日落，也看过天空上数不清的飞鸟往复，还会一直看到永远。

我们种包心菜、芥菜、西红柿、洋葱、萝卜、马铃薯、南瓜等等，因应季节不同而种不同的菜。在这里，是学习顺应自然生活，跟着季节的步伐走。

自己种的菜是不够吃的，我有时会带着几个大孩子到市集去采购。土产的水果和蔬菜很便宜。市集也有其他东西卖，五金杂货、衣服鞋子都不缺。来这里之后我也跟你一样,变得很邋遢了,来来去去都穿那几件衣服。从香港带来的鞋子穿烂了,我在市集买了一双凉鞋。摊贩看到外地人,通常会狮子开大口(他们可真的是都见过狮子开大口!)。那天我杀了一轮价,大概花了港币八块钱,凉鞋穿在脚上挺舒服的。

我甚至会用本地人说的齐切瓦语杀价。小方比我早三年来孤儿院,她疼爱孩子,对他们很有耐心。我的齐切瓦语是她教的。我的"国语"的确也进步了。

你问我,苏里族的女人怎么吃东西?她们能说话吗?下雨怎么办?睡觉时只可以仰睡么?

嘴巴比脸大,吃东西还不容易吗?一口就可以吃掉一个披萨。

没有人知道薇雅能活多久。要是她能活过五岁,已经是奇迹。孤儿院里有好几个孩子都是艾滋病带原。艾滋病带原的病人差不多占马拉维全国人口百分之四十,在这里,艾滋病就像感冒一样普遍,艾滋病人也因此受到最平等的待遇,没有人会歧视他们。

非洲号称人类的发源地,这里的人却仍然像野生动物般活着。一个男人可以娶很多女人。一个女人可以跟不同的男人生下一窝孩子，每个孩子的父亲都不同。要是父母其中一个死去，剩下来的那个又会带着孩子去找别人。在一个家庭里，孩子们甚至是不同父不同母的。

这些孩子长大之后，也像他们的父母，不断繁殖。养不起一个孩子，就把他丢出去乞讨，由得他自生自灭。所以艾滋病才会这么猖狂吧？

外人很难说他们是对或错，这就是他们的生活。这些人未经文明的洗礼，觉得一切有如天经地义般。

这里六点钟已经天黑，没有什么事情可以做。你现在明白他们为什么不停生小孩子了吧？

马拉维的雨季是从十一月开始到第二年的三月。下雨的时候挺凉快。我和孩子们有时也会坐在回廊上看雨。有一天，我也会想念这些看雨的日子吧？

随信附上一张照片，是最近和几个孩子的合影。孩子们都很喜欢照相，一看到照相机，自然就会摆好姿势，笑得很灿烂。我手里抱着的是薇雅，站在我两边的是爱玛和阿旺。七岁的爱玛很像小时的你，她很聪明，最喜欢跟男孩子打架。

你瘦了呢。难道厨师只做饭不吃饭的吗？

你那让人一眼就认出来的标记到底是什么？你愿意用底料的秘方跟我交换么？

那个秘方会不会是干贝？我喜欢干贝的味道。

浩山

二〇〇八年七月三日

我害怕离别；然而，有些爱，虽然离别了，却是永留心中。

亲爱的浩山：

天哪！你有没有瘦了五十斤？你身上的肉都跑哪里去了？

你是怎么变瘦的？快告诉我！

我才没有变瘦，我觉得我胖了，我吃太多啦。都是熊猫害的。她不是活在当下，她根本就是吃在当下，她几乎每一个当下都在吃。我怀疑她不是老爸的女儿，而是老姑姑的女儿。她和老姑姑一样爱吃。这两个姓夏的女人，只要看到好吃的东西，什么都可以豁出去。

你晒黑了。头发剪那么短，不担心会把脑袋晒坏吗？

那个就是薇雅吗？薇雅很小啊，怎么看都不像四岁。

我希望她能够好好活下去。

爱玛很美啊！跟男孩子打架都是她赢么？

"明明是一个父亲生的,可为什么?"你什么意思？你当和尚去吧你。

"难道你希望你的眼睛比嘴巴大吗?"

哪有人的眼睛会比嘴巴大？呃,樱桃小嘴可能例外吧。

艾滋病带原的病人差不多占马拉维全国人口百分之四十？听上去很绝望。他们的确是像野生动物般活着。他们是野豹和狮子,过着原始的生活,问题是,野豹和狮子还会猎食,他们却已经失去了猎食的本能。

噢,我有一个好消息和一个坏消息要告诉你。

不如先说好消息吧！熊猫和窝窝头决定明年结婚,婚礼会在成都举行。地震之后,很多人离婚,可也有很多人结婚。结婚或是离婚,也许都是同一个理由吧？看到了生命的匆促与无常,只想寻觅真爱。

我和旺旺会当伴娘呢。我还是头一次当伴娘。旺旺最近都忙着帮熊猫挑选婚纱,婚纱可能会在台湾买。台湾的婚纱好漂亮,而且不贵。

坏消息是,结婚之后,毕竟是有家的人了,熊猫也许不能常常来香港。她安慰我说,火锅店现在做得很好。可是,我会很想她。旺旺早晚也是会回去台湾跟柯弟两个人住在东海岸他们那幢漂亮的民宿里。我们三个又要天各一方了。

你说,所有的喜怒哀乐,悲伤苦恼,如同空中鸟迹,过去不留,永远拉不回来了。可你又说,两棵猢狲树缠在一起长,彼此挨着,一起看过无数的日出日落,也看过天空上数不清的飞鸟往复,还会一直看到永远。

那到底有没有永远?

是没有的吧?

我害怕离别;然而,有些爱,虽然离别了,却是永留心中。我的父亲和母亲一直活在我心里,从未凋零。

是有永远的吧?

要是没有永远,也就像没有死亡,等于是没有无限,也没有有限。到时候,我们是为了什么而努力?又为什么要珍惜身边的一切?

到底是有还是没有?我都糊涂了。

熊猫和旺旺说你很帅很可爱,要我问候你。

为什么照片里没看到小方？小方这女孩子真的很善良。

秘方不是干贝,你知道干贝一斤要卖多少钱吗？用干贝做底料,简直就是吃我的肉。再猜。

我才不用我的标记跟你交换秘方。我的标记就是我一双黑白分明的眼睛,对吧？

嘎嘎,太容易猜了！有没有难一些的？

星

二○○八年七月二十日

> 人与人的相识相遇，缘分是永不流逝的飨宴，我们适逢其会。都是因缘聚合。

亲爱的星：

五十斤？没那么夸张吧？来了这里之后，每天跟小孩子们一起种菜，也常常走很多路，或许是因为这样所以瘦了吧。要是你来马拉维，你也会变瘦。这里几乎找不到一个胖子。

薇雅是不像四岁，她很虚弱。每一次，当我抱起她，我都希望她比上次胖一些，再长胖一些。

小方知道你喊她女孩子，肯定会睡不着觉呢。她是老王的太太，他们两个的小孙子今年都十岁了，在台北上小学。

我觉得你一定是佛菩萨，否则，你为什么一直要我去当和尚？

你问,爱玛打架是不是都赢？她就跟你一样,有时赢有时输。昨天她输了。看见我坐在回廊的台阶上,她垂头丧气地走过来坐到我身边。

"中国有多大?"她问我。

我告诉她:

"很大很大,有千千万万个马拉维那么大。"

她好奇的大眼睛望着我,又问:

"香港有多大?"

"香港放在中国的版图上,就像一头狮子趴在非洲一望无际的草原上,只是一个小黑点而已。"

"香港的狮子跟这里的狮子是一样的吗?"

"香港没有狮子。"

"天空是一样的?"

"天空是一样的。"

"太阳是一样的?"

"太阳是一样的。"

"月亮是一样的?"

"月亮是一样的。"

"星星也是一样的?"

"有些星星,他们看不到。"

"他们看不到我们的星星?"她显得有点苦恼。

"幸好,我认识一个女孩子,她的名字跟星星一样。我和她两个人从前常常跑到铜锣湾的避风塘,坐在石级上看星星。那时的星星很亮。"我说。

"她长什么样子? 像你?"

"她比我漂亮多了。但是,那只是她的外表。她骨子里是个小混混,呃,不,不,不,她不是小混混,她是小菩萨,她一直要我去当和尚。"

你问我,到底有没有永远?

怎么说呢?

是有也是没有。

这么说吧。日月星辰,没有古今,没有去来,是永远吧? 可是,每一天的日月星辰也已经跟昨天不一样了。

三世因果,六道轮回。人与人的相识相遇,都是因缘聚合。缘分是永不流逝的飨宴,我们适逢其会。有些人,我们下一次还会再见；另一些人，不会再见了。有些人带给我们欢笑，另一些人，我们为他掉眼泪，把上辈子的债还了。杯酒尽欢，是没有不散的筵席，也是有不散的筵席。

修行就是为了悟出轮回的苦，了脱生死，永断轮回。

人是为了有限而努力，也是为了无限而努力。你想这么多，骨子里的确不是个小混混，而是个浪漫的人。

虽然你黑白分明的眼睛闪亮如星辰，可惜，有一天，让我一眼就能够认出你来的标记，不是你那双黑白分明的眼睛。再猜。

不是干贝，会不会是巧克力？

请一定要代我祝福熊猫。

浩山

二〇〇八年八月十五日

> 而今我和你也隔着万水千山通信。这会不会就是你说的，缘分是永不流逝的飨宴？

亲爱的浩山：

　　老天！难道你上辈子真的是小喇嘛？

　　你说我是小菩萨。那么，是菩萨大呢还是喇嘛大？

　　爱玛太可爱太聪明了，果然像我。

　　小方原来是老王的太太吗？喊她女孩子也没错啊，女人永远都可以是大女孩的呀。

　　缘分是永不流逝的飨宴。我要慢慢咀嚼这句话。我要仔细想想，要是有下辈子，我会是谁？下辈子的那一场筵席，我想跟谁坐在一起？想吃什么？可是，这不是我说了算的吧？

　　假如是我说了算，这辈子的亲人，若有下辈子，我还是会选他们做我的亲人。好吧！好吧！也包括老姑姑。熊猫、旺旺和我前几天去接老姑姑吃麻辣锅呢。

以一个一百岁的人来说，她的胃口还真的是很好。她吃得很满意。可是，老姑姑就是老姑姑，嘴巴不饶人。一顿饭下来，我听得最多的一句话是：

"笨蛋！这个可以做得更好吃，你到底有没有用心去做？"

吃完饭，我们送她回去安老院。熊猫扶她睡下，替她盖上被子。

临走的时候，我们跟她说：

"姑姑，我们回去咧！"

那一刻，我瞥见她脸上一抹哀伤的神色。

她也许早就猜到我们的父亲已经过世了吧？但她不会问。不问的话，永远不知道答案，也就永远不会伤心难过。

我想的或许没错。昨天跟熊猫和旺旺去看老姑姑的时候，她交给我们一个锈蚀了的长方形铁罐，说是无意中在五斗柜里找到的。

"是你们爸爸以前写给我的那些信，我都忘了。你们拿去吧!"她说。

我们三个简直就像挖到宝藏般兴奋莫名。

父亲很年轻就独个儿离家闯荡,那些信是他在异乡写给老姑姑的。信封和信纸都已经泛黄。

父亲在信里跟老姑姑诉说他在异乡的生活,有时也会提到家里的人和事。我们读信的时候,老姑姑不时在旁边补充。人老了,旧时的记忆果然是比昨天清晰许多。

祖父在江西是做大生意的,长年在外经商。我的四位祖母分别来自四川、上海、湖南和广东。四个女人分享一个丈夫,平日难免勾心斗角。祖父出身富贵,爱吃也会吃,每当他风尘仆仆从外地回到家里,他的太太们也纷纷祭出最好的菜来讨丈夫的欢心。

祖父在家的日子,一家人是要坐在一起吃饭的。四个老婆,二十几个孩子,还有祖父的兄弟姊妹和各人的佣人,饭厅里挤满了人,年纪最小的我的父亲常常会被漏掉。大家都忘记喊他吃饭。幸好,老姑姑总会留着饭菜给他。

到了冬天,祖父爱吃麻辣火锅。吃火锅吃的都是新鲜的材料,不分南北西东,也没有谁的拿手小菜。太太们这时全无用武之地,家里的几个厨娘则大显身手。锅底和所有材料,两三天之前就要开始准备,每次都要杀几头猪、几只羊、几条牛,还有数不清的鸡鸭和鱼、野味跟蔬菜。这几天是家里最热闹的时刻,厨娘和佣人忙个不停,孩子们兴奋期待。

到了围炉吃火锅的时候,浓浓的麻香与辣的辛香在屋子里每个角落飘荡,没有人不知道追逐着它繁复的香味而来,也没有谁会被漏掉。人太多了,大家都像祖父那样,索性拿起碗筷站在热腾腾的锅边吃,吃得满头大汗,也吃得痛快淋漓。大人和小孩挤在一起,你帮我拿一块肉,我帮你拿一盘菜,就连太太们也暂时抛开种种恩怨,分工合作,笑语盈盈。一只火锅,温暖而饱足,在这样的寒夜,化干戈为玉帛。

读完所有的信,我终于知道父亲为什么深爱着他的火锅店,甚至不惜一生举债,也不愿意放手。一只火锅,是他的乡愁。即使他余生享用过更稀罕珍贵的美味佳肴,他也不会忘记那启蒙他愉悦为何物的火锅。

那是家的滋味,存在于每个离乡游子鲜活的记忆里,朴实而悠长。一路走来,父亲反复怀念的,不仅仅是食物,或许还有当时一起的那些人、那些事、那些青春,从中看出了人生的聚散无常。美食就是天伦之乐。

我突然明白了,父亲离开人生,只是提早离开这一场筵席。他的女儿坐上他的位置,品尝美食,也将要领略人生的百般滋味。在下一场筵席里,我们会重聚。

父亲写信的时候,世上还没有我,也没有我两个姊姊。隔了漫长的时光,这些信竟又轮回在我们眼前。每一行熟悉的字,是一个游子的回首与思念。他写的时候,没有想过有一天,读信的会是他长大了的三个女儿。

而今我和你也隔着万水千山通信。这会不会就是你说的,缘分是永不流逝的飨宴?

星

二〇〇八年八月三十日

你说世上会不会有粉红色的长颈鹿？这几天，我脑海里一直想着一只粉红色的网纹的长颈鹿，我愈想愈觉得是会有的。世界之大，有什么不可能的？

亲爱的浩山：

昨天把信寄出去之后，才想起信还没写完呢。

我的标记如果不是我亮晶晶的眼睛，难道是我的扁平足？熊猫和旺旺都没有扁平足，我的一双扁平足肯定是母亲遗传给我的。

秘方不是巧克力。怎么会是巧克力呢？你气死我了！

再给你一个提示：这东西的味道闻起来很独特，你再猜。

喔，对了！你说世上会不会有粉红色的长颈鹿？这几天，我脑海里一直想着一只粉红色的网纹的长颈鹿，我愈想愈觉得是会有的。世界之大，有什么不可能的？

英国广播公司的野生动物摄影师在非洲博茨瓦纳拍摄野生象群时就发现了一只粉红色的小象。小象只有两三个月大,可能是患上白化病。白化象并不是白色的,看来是粉红色的。既然有粉红色的大象,也会有粉红色的长颈鹿吧?你说对吗?

扁平足

二〇〇八年九月一日

唯独人类，除了温饱，也是为了爱而吃。我们为心爱的人下厨，与所爱的人一同追逐美食的欢愉。

亲爱的星：

你是希望我在马拉维为你找一只患上白化病的网纹长颈鹿么？你难道不认为这是个不可能完成的任务吗？你会不会是动画看太多了？要是我那么幸运找到一只患上白化病的可怜的长颈鹿，那么，下一次，你会不会要我找一头紫色的狮子，又或者是一条斜纹的鳄鱼？然后对我说："世界之大，有什么不可能的？"

你问我，是菩萨大呢还是喇嘛大？

当然是菩萨。你气死我了！

下辈子轮回再来，你会是谁，也有可能是你说了算，得要看你这辈子种下的种子，那就是业。然而，这辈子做了人，下辈子多半不会再做一回人。做菩萨不是更好吗？菩萨比人高级呢。

亲情是世上最深的缘分。今生能够成为父母兄弟姊妹，是几辈子的因缘和合。在下一场轮回里，不知道是否还会相见，又会以什么形体相见？

昨夜读着你的信，除了想着火锅猛吞口水之外，心里也是百般滋味。

你曾经说，我明明有自己的梦想，还是经不起家人的要求，回去打理家业。

我其实没有舍弃什么梦想。以前一直不想帮家里做事，是不想走我父亲的老路，一辈子守着上一代那些话梅和蜜饯。我只想走出去，无论做什么都好。

然而，看到父亲和母亲年纪渐渐大了，依然每天辛劳干活，我突然明白，这是我的天职，就像你决定把麻辣火锅做下去一样。他们希望我和哥哥姊姊三个人继续经营家业。我跑来马拉维也是很任性的。幸好，家人都体谅我。我也是会回去的。

火锅是你父亲的乡愁，那么，我父亲的乡愁就是这家养育着我们三代的老字号。消逝了的童年,不也像是乡愁吗?父亲还小的时候,"津津话梅"不过是一家小小的蜜饯店,每天早晚的两顿饭也都是祖母在店里的厨房煮的。饭煮好了,一家老少挤在狭窄的店面一边吃饭一边聊天。这里是我父亲的童年与默默苦干的青春,也是他的天伦之乐,充满了回忆、温柔和许多的爱。

只有人类的天伦之乐是和吃有关的吧?

狮子不会因为想起今天是它家小狮子的生日才大开杀戒,扑杀一只偶然经过的倒霉的野鹿,然后跟老婆和孩子慢慢享用。

对动物来说,吃是为求温饱,为生存而吃,也是为了物种永续,而不是为了愉悦。这是动物的天性。

唯独人类,除了温饱,也是为了爱而吃。我们为心爱的人下厨,与所爱的人一同追逐美食的欢愉。我们会为了感官的快乐而吃,也会为了重温往事而吃。我们会为了跟朋友相聚和离别而吃,我们也会因为悲伤和寻找慰藉而吃。

出生、结婚和死亡这些重要的时刻,也总有食物相随。

我们如何忘得了那些愉悦过我们的滋味?

我也忘不了从童年到现在跟你一起享用过的那些幸福而悠长的美味。如今我也有了乡愁。是的，我和你，这一刻也隔着万水千山通信，缘分是永不流逝的飨宴。

　　我上辈子说不定真的是土匪，欺负过你这个弱质美貌少女。我会努力不懈找找有没有一只粉红色的长颈鹿。

　　你的标记不是扁平足。那标记不在你脚上。

　　秘方是咖啡，对吧？独特的香味，这次肯定没错。

前世的土匪

二〇〇八年九月二十日

前世土匪：

今天发生了很好笑的事。麻辣三姊妹遇上三个年轻的洋教士，你猜猜最后是教士感化了三只迷途小羔羊呢，还是三只不知悔改的小羔羊气走了教士？

大约四点钟的时候，熊猫、旺旺和我坐在近门的一张桌子，正忙着吃我刚刚做好的几款冰淇淋，门没关，那三个年轻的教士正好经过店外，他们停下了脚步朝我们微笑，我们也朝他们笑笑。

三个教士身上穿着黑色的神职人员制服，手里拿着公文包和一本厚厚的《圣经》。他们都是金发的，有点像欧洲人，其中一个碧眼的，长得挺帅呢。

135

我上次遇到洋教士已经是很多年前了,那天遇到的刚巧也是三个年轻的洋教士。那个黄昏,母亲带我到公园玩,玩累了,我和母亲坐在一把长椅上吃三明治。三个年轻的洋教士这时看到我们,走过来向我们传教。他们说了很久,母亲一边听一边微笑点头。等他们走了,母亲说:"他们三个的中文说得蛮好呢。"

　　母亲有时挺幽默的。

　　当年那三个洋教士的名字我没有印象,昨天的三个,姑且喊他们作犹大、彼得和约翰吧。

　　犹大首先问我们:

　　"三位小姐,我们可以坐下来吗?"

　　"可以啊,请坐。"我说。

　　犹大坐下来之后,问我们:

　　"你们有信仰吗?"

　　"哦,我挺信命的。"熊猫一边吃一边说。

　　旺旺想了想,说:

　　"喔,我比较信星座。星座说我今天会遇到一件庄严神圣的事,很准耶。"

"呃，我还没决定。"我说。

"嗳，妹妹，没想过五粮液可以做冰淇淋，好吃呢。"熊猫
对我说。

"得加点苦巧克力才好吃，只有五粮液太苦了，会吃
醉。"我说。

"我喜欢这个红高粱咖啡味的，比五粮液好吃。"旺
旺说。

"真的吗？给我一点。"熊猫说。

"花雕核桃黑糖吃了没？暂时只卖一款冰淇淋好了，我
们要选一款。"我对她们两个说。

"哎唷，红高粱果然好吃！"

大概是看到我们只顾着吃冰淇淋吧，尤其是熊猫，她吃
起东西来真的是六亲不认的，嘴边都黏着冰淇淋泡沫。这
时，彼得摇摇头，温柔地望着我们三个说：

"《圣经》说，人活着不是单靠食物。"

此话一出，熊猫愣了愣，我和旺旺拼命憋住笑，最后还
是忍不住笑了出来，差一点就把口里的冰淇淋喷到他们脸
上去。

可怜的犹大、彼得和约翰,最后只好放弃我们三只无可救药的迷途小羔羊。

犹大、彼得和约翰不知道,他们偶然的停留,带给了我们欢乐。这三个星期以来,火锅店的生意不是太好。你看到美国雷曼兄弟投资银行倒闭的新闻吗? 九月十八日全球股市崩盘那天,从早到晚,一个客人都没有,铜锣湾也是冷冷清清的,不景气也许很快就会来临。熊猫还是那句:

"冬天来寡了,春天在哪个塌塌啊? 我连七点九级地震都可以活下来,我还会活不过金融风暴吗?"

就是呀! 有什么难的?

只要一家人在一起,苦乐与共,总会撑过去。

你说你父亲的童年是在当年那间小小的蜜饯店里度过,我的童年不也是在火锅店里度过吗? 这家老铺同样养育了我。我的青春也将会在这里。

我一直舍不得猝然离去的父亲,甚至生他的气,觉得他丢下了我。我突然明白,他没有丢下我,相反,他用死亡救赎了我。

我们都有天职。我会把"老爸麻辣锅"好好做下去。我跟熊猫和旺旺约好了,将来要把"老爸麻辣锅"的分店开到四川和台湾去。

我们一起打拼吧! 等我和你再老一些,童年也会变成乡愁。我的乡愁里有你。

幸福的星

二〇〇八年十月五日

附记:

熊猫、旺旺和我最后选定了五粮液苦巧克力冰淇淋。没想到,那么苦的酒,加上苦巧克力、牛奶和糖,做出来的味道竟然是带点微甜的。吃完麻辣锅,正好用它来清凉一下味蕾。真希望给你尝尝。

我是要找粉红色的长颈鹿,不是白化病的长颈鹿。那么可爱的长颈鹿,麻烦你帮我留意一下。

秘方不是咖啡,咖啡的香味太浓了,跟麻辣不搭配。再给你一个重要的提示:那东西是你见过的了。

我的标记不是在脚上,那会不会是头发? 对! 我怎么会没想到呢？即使八十年后，你也能把我认出来的，必定是我一头又厚又密、多到数不清的头发吧？

面带春风搬戏空，人
生在梦中，越头行来的脚
步，笑笑换悲伤，想到难忘
的往事，锣鼓响叮咚，心若
连枝花蕊间，坚强尚介水。

亲爱的星：

什么？那三个洋教士分别是犹大、彼得和约翰？

你太坏了！你明明知道彼得三次不认主，犹大出卖耶稣，害耶稣钉十字架，而约翰是我的英文名。你为什么替那三个洋教士起了这样的名字？我绝对不相信你是无意的。

这阵子只要一有时间，都在替你找粉红色的长颈鹿。

孤儿院里的一个保姆是本地人，在里旺地国家公园当过一阵子管理员，她说她从来就没见过粉红色的长颈鹿。说完，她用同情的目光看了我好一会儿。我猜她是以为我疯了。

那天去市集，我又问了我认识的一个摊贩。他很老了，我想，他应该见过不少世面，而且，他曾经告诉我，他以前在马戏团当过驯兽师。他说：

"粉红色的长颈鹿？是有的！我可以做一只给你！"

我忘了告诉你，他是一个木匠。

雷曼倒闭的新闻我也看到了。昨天跟老王和小方，还有从台湾来的几个义工聊天，大家都相信未来的日子会很难熬。老王和小方有一个小侄子是在美国华尔街投资银行上班的，金融风暴前，光是每年拿到的分红也有数十万美金，穿的吃的都很奢华。他也失业了。

富贵繁华也许就像火锅上面的浮沫，是会幻灭的、虚空的。

此刻身处马拉维这个贫穷落后的小国，我们反而觉得日子过得不错。我最大的苦恼也只是不知道去哪里给你找一只粉红色的长颈鹿和想办法猜出那有如天方夜谭的秘方。会不会是普洱茶叶？

你的标记不是你那一头多到数不清的头发。你真的不愿意用秘方跟我交换么？

在这里长大的小孩子，或许永远无法想象华尔街是什么样子的。我们觉得许多非洲人依然像野生动物般活着，他们是狮子和野豹；他们却也是最会唱歌的小鸟。非洲人可以衣服不穿饭也不吃，却不能不唱歌跳舞。这里的孩子会唱很多歌。他们还会唱"国语"歌和台湾歌仔戏。听着孩子们愉快的歌声，有时会忘记了他们悲惨的命运。

爱玛的歌声有如天籁，她唱《勇敢的查某子》唱得很好听。孩子们唱歌仔戏的时候，我也在旁边唱上几句，但我只懂唱开头那几句。一首歌，用心去唱，似乎也看到了人生犹如虚空之花。

面带春风搬戏空

人生在梦中

越头行来的脚步

笑笑换悲伤

想到难忘的往事

锣鼓响叮咚

心若连枝花蕊间

坚强尚介水

这段歌仔戏,旺旺说不定也会唱。

你知道"坚强尚介水"的意思吗？你也是"坚强尚介水"。你父亲的离世救赎了你,你也救赎了他的火锅店。

那个五粮液冰淇淋实在是太诱惑人了,可以帮我留着吗？

浩山

二〇〇八年十月二十八日

亲爱的浩山：

"坚强尚介水"是"坚强最美"的意思吗？你是说我很美么？你让我害羞耶。秘方不是普洱茶叶，你再慢慢猜哦，我等你。

旺旺说，用闽南语说一个女孩子很美，就说"你真水！"旺旺那天唱了那段歌仔戏给我和熊猫听，我们也跟着唱，熊猫唱得很好呢。

说起熊猫，我今天给她害得好惨。

今天下午，我和旺旺刚起床，看到熊猫从厨房走出来，手里拿着一包东西吃得很滋味的样子，于是，我和旺旺也吃了些。

145

然后我问她:"这是什么哦? 很好吃。"

"哦,是麻辣兔丁。好吃吧?"

"什么是兔丁?"我又问。

"就是兔肉嘛! 想吃兔肉想死我了,终于寄来咧!"

天哪! 你可以想象我和旺旺接下来是怎么尖叫着冲到浴室里去吐的吗?

我承认我是个伪善的美食主义者,我吃小鹌鹑、小牛排、小羊肉、小春鸡(噢,有谁不爱呢?),可我不吃小白兔。只要想起兔子那两颗门牙,我就觉得浑身冒起了鸡皮疙瘩。

熊猫站在浴室门口看着我和旺旺,没好气地说:

"又没让你们吃,是你们自己要吃的哦。这个味道只能说是马马虎虎,成都有很多吃兔肉火锅的店,新鲜的兔肉可好吃了!"

"你好残忍。"旺旺有气无力地说。

"兔头更好吃呢! 下次我让窝窝头寄兔头来。"熊猫露出一副馋嘴相,很得意地说。

"要是窝窝头敢,我掐死你的窝窝头。"我对她说。

"呃,窝窝头喜欢我喜欢惨了,你掐死他,我嫁给谁啊?"熊猫甜丝丝地说。

四川人好像不习惯说"我爱你",他们说:"我喜欢你喜欢惨了。"

这么说,吃了兔丁的我和旺旺不是惨,是苦。

旺旺说,在日本,一对男女一起吃烧肉,一定是发生过肉体关系的了,才不介意油腾腾的。在台湾,一对男女一起吃麻辣火锅,多半也是已经有了亲密关系,不再掩饰什么了。

自从听了旺旺这么说,我和熊猫也开始留意每一对结伴而来的男女客人,果然是这样啊。吃火锅毫不浪漫,也不是谈情说爱的气氛,两个人一起吃火锅,追求的是像家人的感觉吧?

在成都吃兔头应该也是这样吧?很难想象一对刚开始交往的男女会一起吃兔头,女的一边吃一边跟男的说:

"你看!这只兔子的门牙好可爱耶!"

牛仔哥以前养过兔子,他说,终其一生,兔子的门牙会一直生长,主人常常要帮兔子剪牙。天哪!我觉得我肚子

里现在好像有两颗兔牙随时要长出来似的。太恶心了。我

下次再写。

　　　　　　　　　　　　　　　　　　　可怜的星

　　　　　　　　　　　　　　　二〇〇八年十一月十五日

亲爱的兔牙：

你果然是个伪善的美食主义者。虽然我也爱吃小鹌鹑、小牛排、小羊肉和小春鸡，可我不歧视吃小兔子的人。

吃兔子不算可怕。马拉维人吃小老鼠呢。在市集里常常看到有些摊子摆满了堆得像一座小山丘似的小老鼠。（喔，对了！那些小老鼠是你喜欢的粉红色。）对马拉维人来说，这是人间美味，是下酒的好菜。

他们吃小老鼠是活吃的，整只放进口里，吃得吱吱响。

一对男女一起吃小老鼠，应该也是已经有了肉体关系吧？所以才可以一起做一些我们看来很恶心的事。

他们不觉得吃小老鼠不文明，反而不明白中国人为什么会吃青蛙。

要是兔子和老鼠必须二择其一,我看我还是吃兔子算了。兔子至少是煮过的。

昨天,我在市集遇到两个美国游客向我问路。(不知道为什么,无论走到哪里,总会遇到问路的陌生人。就像你说的,迷路的人会觉得我是个可以问路的人。我看来有那么像路标吗?)

那两个游客刚从肯尼亚过来,我们一边走一边聊。当我知道他们去过内罗毕的长颈鹿动物园,我激动得紧紧抓住他们的手,问他们在那里有没有看到粉红色的长颈鹿。我说我有一个朋友,她想长颈鹿想疯了。

那个男的问我:

"是在酒瓶上的吗?"

他告诉我,他们在南非旅行的时候,经常在餐厅和酒吧看到一款南非出产的著名葡萄酒,那个葡萄酒就叫作"长颈鹿酒",他们也喝过一瓶。然后,他给我看他手机里的照片,酒瓶上的酒标果然是一只可爱的粉红色长颈鹿。那个女的说,这些酒标除了粉红色,还有红色、橘色、蓝色、绿色和紫色。

你想要的是这些长颈鹿么？

你真水。可是，坚强尚介水不是说你很美，是你的坚强
是最美的。你把火锅店做得这么好，一定是熬过了很多
辛酸。

秘方不是普洱茶叶，会不会是女儿红？连这个我都猜
到，我很聪明吧？

苦恼的浩山

二〇〇八年十一月三十日

亲爱的浩山：

叭啦叭啦叭啦啵啵。

今天就写到这里。你这么聪明，一定明白我想说什么。

聪明的星

二〇〇八年十二月十八日

亲爱的星：

　　完全明白你想说什么。

　　咕噜咕噜咕噜啵啵。

更聪明的浩山

二〇〇八年十二月三十日

亲爱的浩山：

　　我今天买了一支很好玩的隐形笔。要是我们以前读书考试的时候有这种笔多好啊！这封信，我决定用隐形笔写给你。除了你能看到的几行字，信的其他内容都隐形了。经过上一封信，我知道聪明的你一定有办法看到我写什么。

隐形的星

二〇〇九年一月十五日

亲爱的浩山：

　　对不起！上一封信我写得太高兴，忘了把隐形笔寄给你。信上的字,要用笔尾的荧光灯照射才可以看到。希望你不会傻得把信纸放在烛火上烘,以为这样就能看到我写什么。

现在就把隐形笔随信寄上。

冒失的星

二〇〇九年一月二十三日

你真的变了，你变得愈来愈可爱，那么谦逊，那么老实。

亲爱的星：

天哪！为什么你的隐形笔现在才寄到？

还没有收到你的隐形笔之前，我用尽方法想要看到你在信上写些什么。如你所说，把信纸放在烛火上烘这个方法我也傻傻地试过了，结果很失望。于是，我试试把信纸泡在水里，也是不行。事后我还得把湿淋淋的信纸放在太阳底下晾干呢。

幸好，这里是非洲，巫师就跟野生动物一样多。

我把你的信拿去请教一位盲眼女巫。说也奇怪，女巫对着信纸叽咕叽咕念了几句咒语之后，信上的字竟渐渐显现出来了。

你能想象我那一刻的心情有多激动吗？

154

我终于看到你写的字了！

但是，你真的使我太惭愧了。

信上写的全是你对我的个人崇拜和赞美。我对朋友的好、我的慷慨、我的聪明机智和高瞻远瞩，你都知道，还说什么你对我甘拜下风，要虚心向我学习。连我的智商超过二百这个我一直没告诉任何人的秘密，你也知道了？你这样一个劲地夸我，夸得我脸都红了。

你还专门写了一首诗来歌颂我，我都不好意思在这里重复一遍那首诗的内容。

你真的变了，你变得愈来愈可爱，那么谦逊，那么老实。

原来你是这么仰慕我的。我们认识这么多年了，为什么等到现在才告诉我？你不说我还真的没想到。

喔，附带一提，你送我的隐形笔，我决定转送给那位盲眼女巫，当作是答谢她。反正我已经不需要了，况且，我应该不会用隐形笔写信给你。你不会介意吧？

脸红的浩山

二○○九年二月十四日

你变了，你以前不是这样的。你以前是那么谦逊，那么老实。我怀念以前的你。

毫不脸红的浩山：

你太无赖了！我哪有夸你？我根本什么都没写！我是买了一支隐形笔，我可没有用来写信给你！我是骗你的！我就只写了那几行没有隐形的字！

你在非洲到底是学什么的？你是学佛还是学会耍无赖啊你？我哪有对你甘拜下风？你竟然还跑去找女巫！

你变了，你以前不是这样的。你以前是那么谦逊，那么老实。我怀念以前的你。

喔，附带一提，我根本不会写诗嘛。你是不是眼花了呢？那个盲眼女巫肯定是给你下了咒语。我不是老早提醒过你千万要小心非洲的巫师吗？你就是没记住我的话，智

156

商超过二百的人会像你这样的吗？

　　还有，还有，秘方不是女儿红。怎么你老是猜不到呢？

　　　　　　　　　　　　　　老实的星

　　　　　　　　　　　　二〇〇九年三月二日

亲爱的星：

薇雅昨天离开了。她病得太重了。

我们把她葬在山坡上那个美丽的墓园。

非洲人不重视生，却重视死亡。在墓地里，常常可以看到死者的亲人和朋友围着一座新坟载歌载舞。他们用歌声和笑声与亡者告别，而不是眼泪。那些棺木也往往让人啼笑皆非。五颜六色的立体棺木，不像棺木，倒是像一件大玩具，有雪人、狮子、胡萝卜和菠萝，就连可口可乐瓶和手机也有。

要是能够用对待死亡的态度对待生命，非洲的历史是不是也会改写？

离开墓地的时候,天空突然下起了毛毛细雨,我跟老王和小方一边走一边聊着印度和尼泊尔的旅程。

我一直希望这一生能去一次尼泊尔和印度,走一遍当年佛陀走过的足迹,既是朝圣,也是心灵之旅。三个星期之后,我们会从马拉维出发。

这次会去四个月到五个月,然后回马拉维。十月底,我会回家。

我已经离家很久,也是时候回家了。

这趟旅程,大部分时间会在路上,我们到了当地才会找旅馆。没有确定的地址,也不清楚那儿的邮政服务,可能没法给你写信。

前几天在超市里看到南非产的"长颈鹿"酒,有红葡萄酒和白葡萄酒,也有玫瑰红酒,不同的酒贴上不同的酒标,红葡萄酒的酒标是一只粉红色的长颈鹿。我也会再打听一下有没有活的粉红色的长颈鹿。你还没告诉我,你要的是哪一种?是酒瓶上那一只,还是活生生的?我回来香港的时候给你带回来;我是说那瓶酒。

秘方不是女儿红,会不会是红高粱?

浩山

二〇〇九年三月十九日

亲爱的浩山：

可怜的薇雅。那么短暂的生命，好像她来人间只是来看一眼，觉得不好玩，转身就走。

可是，那些棺木也太有创意了吧？谁会想要死后躺进一只菠萝或是一个可乐瓶里去？说不定会因此笑着复活呢。

今天收到你的信，赶紧回信，等会就去寄。不知道你是否会看到我的信，还是已经离开了马拉维？

酒标上的粉红色长颈鹿也要，活生生的也要。不是说要你绑架一只长颈鹿回来，照片也好啊。

那我就暂时不写信给你了。

不是红高粱，但也很接近了。等你回来，吃一顿我做的麻辣锅，到时再猜一遍。

我告诉熊猫和旺旺你很快会回来，她们都很想见你呢。

我的标记会不会是我像我父亲的落寞的神情？好像比底料的秘方更难猜呢。

听说尼泊尔和印度的治安不太好，小偷很猖獗，你要照顾好自己。

星

二〇〇九年四月二日

此刻，你在途上，我重又给你写信，要等你回到马拉维才会读到我的信、多么像我刚开始写给你的时候？生命于我、也好像几度轮回。

亲爱的浩山：

　　我没想过我会再写给你。两个月了，不知道你在旅途上过得好不好。

　　试想象有一天，你其中一边乳房有点胀痛（这个你得拼命想象）。

　　每个月总会有几天这样的日子，所以，你没当一回事。直到你发觉，那疼痛并没有减少，乳房甚至红肿了一块，用手摸摸，里面好像长了一个装满水的气球。别做梦了！你已经二十六岁，还会再度发育吗？

　　你鼓起勇气去看医生。做了几个检验之后，医生向你宣布，你患的是乳癌，而且是比较猛的一种。

163

你哭得死去活来。医生果然是医生，依然很冷静，反正，你也不是第一个在他面前哭哭啼啼的病人了。

医生说，为了你好，也为了留着你的小命，他打算把你的乳房拿掉。

你哭着哀求他想想别的办法，只要别拿走你的乳房，你什么都愿意。

这时，医生皱眉望着你。他的眼神好像在说："真是的！坏掉的乳房留着干吗？"

你泪汪汪地等着他回答，那一刻好比一辈子那么长。医生终于说：

"好吧，只拿掉那个癌肿，然后再配合化疗看看。"

天哪！你可以留着你的乳房！一瞬间，你悲喜交集，破涕为笑。你没想到你在这种时刻还能笑。

医生又问你，你家里有没有乳癌病史？

你告诉他，你母亲是乳癌死的，死的时候只有四十出头。

医生马上板着脸责备你说，既然有家族病史，为什么没有定期做检查？你知道乳癌的遗传基因有多凶猛吗？

天哪！你很想告诉他,你就是因为这样才不去做定期检查。

离开医院,走在回家的路上,你愈想愈气。这种事为什么会发生在你身上?你那么年轻,有很多好东西还没吃过。你的人生刚开始,你的火锅底料做得很好,你会做很多好吃的菜,你拯救了父亲留下的火锅店。以前的你是个混蛋、孤僻、刻薄、懒散又任性。连你都可以变好,还有谁不可以?你是人类的曙光和希望,可是,你以后只能供人瞻仰。

母亲是乳癌死的,乳癌的阴影一直没离开过我,我选择逃避、享乐和放纵,追求没有希望的爱。我的愤世嫉俗和没有安全感原来都是可以理解的。接手火锅店之后,我把这事完全抛诸脑后,它却在我猝不及防的时候来临。

手术是在两个月前做的,癌肿拿出来了,然后是轮番上阵的化疗,目的是把那些分裂得最快和最活泼的细胞干掉,防止复发和癌症转移。这一场以毒攻毒的硬仗,难免会两败俱伤,那些温驯的好细胞也会被干掉一些。

此刻,你在途上,我重又给你写信,要等你回到马拉维才会读到我的信，多么像我刚开始写给你的时候？生命于我，也好像几度轮回。

星

二〇〇九年六月二十日

百衲被必须亲手一针一线缝出来，不能用缝纫机来做。这种像是打满补丁的穷酸的被子几百年前是乞丐的东西，如今代表的是家人的心意和祝福。

亲爱的浩山：

化疗一点都不苦，不过就是每天一场药丸的盛宴摆在你面前，可惜，不像吃火锅，你不能只挑你喜欢吃的。然后是定期回去医院注射药物。那几天，你吐得死去活来，这比任何减肥药都有效，而且不必另外花钱买。你累得连腿都动不了，睡得比猪还要好，想着或许明天不会再醒来，没法再经历一次这么棒的减肥。

我现在可以放胆吃，不用担心会发胖，而且可以理直气壮地跟自己说，是为了使自己强壮而吃，也为了吐。

当我累了，熊猫帮我捶背，旺旺帮我做按摩，我现在简直就是女王。

旺旺和熊猫花了很多个夜晚,把自己的旧衣服剪成一块一块大小一样的碎布,做了一条百衲被给我。百衲被必须亲手一针一线缝出来,不能用缝纫机来做。这种像是打满补丁的穷酸的被子几百年前是乞丐的东西,如今代表的是家人的心意和祝福。

你真该看看我身上披着一条百衲被的样子,我觉得只要手上再拿一个砵子,我看起来就像丐帮帮主。可是,看到旺旺和熊猫为我花了那么多的心思;尤其是熊猫,她还是头一次做针线活儿,我只好咧嘴笑着,告诉她们,我爱死这条被子,巴不得她们再做一件百衲衣给我,配成一套。可怜的我。

父亲把这两个姊姊留给我,是想有人在我病榻旁边为我掉眼泪吧?

他可真的没有找错人,她们两个是爱哭鬼,烦透了。我多么希望,今夜在我病榻旁边的是你,你才不会像她们那么容易掉眼泪,你也肯定会跟我一起嘲笑我身上的百衲被。然后,我就可以带着笑声滑进梦乡。

丐帮帮主夏如星

二〇〇九年六月三十日

浩山：

　　熊猫和旺旺的母亲这两天分别从成都和台北飞来看我。

　　我从来没有想过会是在这种情况之下跟我父亲的另外两位太太见面。我原本以为，要是有天和她们见面，我是会打扮得比现在好看些的。毕竟，我是代表我母亲的嘛。

　　不过，人生相遇的时机好像总是在意料之外的吧？我们三个人在这种时机相见其实也不坏，至少不会尴尬，还尴尬什么呢？看着她们在我床边聊天，我不期然想起我的母亲。要是母亲还在，我也许不会认识熊猫和旺旺，也不会见到两位阿姨。父亲的死，颠覆了我的人生；我的人生走到这一步,好像又颠覆了一回。

窝窝头和柯弟也想来看我,我说不要了。我现在太难看了,等我变好看些,我才让他们见我。况且,五个女人加起来,家里已经很吵。

熊猫长得很像她的母亲,两个人的脸都是圆圆的,都很爱吃,乐观又爱笑。旺旺也长得跟她的母亲很像,两个人笑起来都很甜;可是,我更像我母亲,我得了我母亲的病。

熊猫今天告诉我,为了留在我身边照顾我,她把她和窝窝头的婚礼延后了。

"窝窝头很好说话,他什么都听我的。"她说。

可是,我很想参加婚礼。延后了,我不确定我到时是不是可以出席。

我也好想在旺旺那幢海边的民宿骑脚踏车。我一直想拥有一台折叠脚踏车,去到哪里就带到哪里。

只是,无论是脚踏车,还是开到四川和台湾的"老爸麻辣锅",好像已经变得不可能了。

我开始着手分配遗物。我其实也没有很多遗物,就是一些书、衣服和鞋子。那些老爷胸罩和史努比棉布睡衣应该没有人想要。

今晚临睡前,我叮嘱旺旺和熊猫:

"要是老姑姑有天问起我,就说我去了上海的分店帮爸爸的忙。"

"老姑姑会猜到的。"两个笨蛋又哭了。

聪明的老姑姑,即使猜到也不会问啊! 那就不会伤心难过。

星

二〇〇九年七月二日

亲爱的浩山：

今天又去见医生，顺便拿些十分美味的药丸回家喂给自己吃。

在医生那里，我是最年轻的乳癌病人，我因此又占了很多便宜，得到许多同情的目光。

今天等着见医生的时候，坐在我旁边一个女的，五十多岁，她的癌细胞已经转移到脑袋去了，没多少日子可以活。她说，过去二十几年来，她每天勤奋干活，赚到很多的钱。她现在很不甘心，她这辈子还没去过欧洲。我跟她说，我这辈子还没去过非洲呢。

拿了药，我赶紧回去火锅店。我最近都在训练熊猫和旺旺学做火锅的底料,也要她们学做菜。要是我死了,她们就得做我做的事。

熊猫那么爱吃,做菜却笨手笨脚。旺旺那么贤惠,却连一点做菜的天分也没有。真的气死我了。

今天晚上,我终于忍不住对她们吼:

"我没有时间了,你们要快些学会!"

她们被我骂哭了。真没用。

我决定了,每晚临睡前把食谱写下来,留给她们,她们将来可以跟着我的食谱做菜,然后再变化出自己的菜。

做菜的秘方很简单,想煮出一颗美丽的水波蛋,得在水里加点醋;酥芙蕾要在塌掉之前吃。就像人生,每个人都要找出属于自己的秘方。

所以,写给你的信没法写太长,我太累了。要是熊猫看到我写信,她会把我的信纸和笔拿走,逼我去睡觉。虽然我现在是女王,可是,女王也有不自由的时候。

星

二〇〇九年七月十日

愈老的果树，结的果子愈甜，这也是时间的魔法吧？我希望我能够等到橘子树老一点的时候才给你做一瓶带点微酸的清香的橘子果酱。

亲爱的浩山：

父亲死的时候，我很伤心，这个伤口而今已经愈合了，所以我也希望熊猫和旺旺的伤口有一天会愈合，新的生命会取代旧的生命。

今天又要到医院做那该死的化疗。

做完化疗，我累垮了。熊猫和旺旺爬到我的病床上，我们三个挤在一块，望着天花板，有一搭没一搭地说着梦话。

"有一天，'老爸麻辣锅'也许会摘下'米其林'一颗星，是唯一摘星的火锅店。"我憧憬着说。

"什么是'米其林'？"熊猫问我。

"'米其林'是一家法国公司，本来是生产汽车轮胎的，后来也出版'米其林餐厅评鉴',很权威的呢。他们派出很多食探,隐藏身份,到不同的餐厅吃饭,然后评级,最高可以拿到三颗星。一旦成为'米其林'三颗星的餐厅,生意可是好得不得了呢!"

"喔,我也要当食探!"熊猫嚷着说。

"你有没有想过告诉李浩山,你生病了?"旺旺突然问我。

"我不是写信告诉了他吗?"我说。

"可是,你的信寄到马拉维去,他根本看不到。"

"等他回到马拉维,他会看到的呀! 那时候,说不定我已经好起来了。"

"就是呀!"熊猫说。

"你那座民宿再种一棵橘子树好吗?"我跟旺旺说。

"不是已经有柠檬树了吗?"旺旺回答我。

"可是,我喜欢橘子树,等橘子熟了,就能摘下来做橘子果酱。"我说。

"喔,我也爱吃橘子果酱。"熊猫说。

"嗯,好的,我就为你种一棵橘子树。种树的那天,由你来剪彩。"旺旺搂着我说。

"噢！你真好。"我挨着她说。

"那我也要一棵树，我要杨梅树。"熊猫搂着我说。

"好吧！好吧！柠檬树是我的，橘子树是妹妹的，杨梅树是熊猫的。看来我得要买一幢大一点的民宿。"旺旺微笑着说。

我瞄了瞄旺旺，说："既然地方大了，不如养一只长颈鹿。"

"呃？长颈鹿？在我的民宿里？"旺旺差一点就昏过去了。

我们三个说好了，有一天，等我们都结婚了，要带着老公和孩子回到景隆街的"老爸麻辣锅"老铺，一起围炉，吃个底朝天。

熊猫和旺旺离开医院之后，我一个人躺在床上，望着窗外漆黑的天空，想起小时跟父亲和母亲上餐厅吃的那些香烤小野鸟、牡蛎汤和巧克力蛋糕，想起坐在厨房的小板凳上的那些夜晚，等着父亲忙完了，做好吃的给我。很想再吃到那些鸡蛋糕呢。

幸好我现在才死，不然，父亲会很伤心。人要往好处想嘛。

你喜欢吃橘子果酱吗？化疗让我的味蕾变得迟钝，或许，没多久之后，我终于可以吃吗啡了。我一直想知道吗啡是什么味道的。

愈老的果树，结的果子愈甜，这也是时间的魔法吧？我希望我能够等到橘子树老一点的时候才给你做一瓶带点微酸的清香的橘子果酱。到时候，我再告诉你，记忆中的吗啡是什么味道的。

想念你的星

二〇〇九年七月二十二日

177

人之所以漂亮，就是头上这几根草。"这几根草花样可多了。"读到这一句，我忍不住笑了出来。我掉了很多头发，是不是我也剃除了很多爱欲的色相？

亲爱的浩山：

这阵子，我读了许多佛经。

今天读的是南怀瑾先生的《圆觉经略说》，南先生在书里说，佛告诉弥勒佛，众生若想了脱生死，免受轮回，第一步先要断除贪欲，还要更深一步，断除更深一层的爱。

出家为什么要剃度？如何断除贪欲和爱渴呢？因为人之所以漂亮，就是头上这几根草，这几根草花样可多了，可以变出上百种的名堂来。人有头发，如同天人有花冠，天人衰老是由花冠开始萎谢，人也一样，人老了，头发开始白了或是掉了。所以，出家先要剃除爱欲的色相，这是小乘。大乘就难了，那是要滚进爱河里面去修行，跳入苦海茫茫中去磨炼。

"这几根草花样可多了。"

读到这一句,我忍不住笑了出来。

我掉了很多头发,是不是我也剃除了爱欲的色相?

从前是头顶的头发多到数不清,而今是掉下来的头发多到数不清。旺旺今天帮我剪头发,剪得很短,我看来像个小伙子。要是你现在见到我,你一定会调侃我说:

"嗨,哥儿!你有没有想我?"

旺旺说:

"头发掉了,会再长出来的呀。"

嗯嗯,头发掉了,会再长出来。我希望等到头发再长出来的时候才见到你。爱欲的色相还是很难割舍的啊。我以前一直不肯承认自己爱美,我现在认了。

没剩几根草的星

二〇〇九年七月二十九日

有一份爱，曾经在我身边，一直等待我去提取，我却要等到隔着万水千山的时候才发现。多傻啊！

亲爱的浩山：

除了化疗，原来还有一种荷尔蒙疗法。

荷尔蒙疗法是让病人口服抗动情激素的药物来抑制动情激素，从而减少雌激素对乳腺的刺激，防止乳癌复发。

现在医学界已经发明了一种抗动情素的药物。

幸好，这种疗法没有用在我身上。不再动情的我会是怎样？

因为有情，因为无法割舍，才会又再一次在轮回中颠沛流离。

从小到大，我和你一起做了那么多的事情，好玩的，不好玩的，重要的，微不足道的，连爱都做了。我现在太怀念那个夜晚了,那可能是我离开这个世界之前的最后一次,也是我们之间唯一的一次。此时此刻,假使你就在我跟前,我会扑到你身上,重温那幸福的温存。

不过,我太累了,也许会倒在你身上睡着。

你说,这辈子做了人,下辈子不会再轮回做人。那么,下辈子我想跟我爱的人做两棵缠在一起长的猢狲树,彼此挨着,一起看尽千百年来的日出日落,也看尽天空上数不清的飞鸟往复,还会一直看到永远。

我从来没有对我的父亲说过我爱他。要是我现在跟你说我爱你,会不会太迟?

有一份爱,曾经在我身边,一直等待我去提取,我却要等到隔着万水千山的时候才发现。多傻啊!

头很痛,我会再写。如果可能,我会写得更多。还有就是,要是我死了,我不反对你去当和尚。

爱你的星

二〇〇九年八月七日

我在想，要是你能放个假，你想去肯尼亚吗？每年十月，是肯尼亚野生动物大迁徙的季节。可我不确定有没有粉红色的长颈鹿。

亲爱的星：

今天住的小旅馆旁边居然有一家邮局，我赶紧给你写信。

我们已经来到了位于印度舍卫南郊的祇园精舍，这儿是佛陀讲经说法的地方。《阿弥陀经》和《金刚经》就是佛陀在这个地方说的。

祇园精舍曾经是宏伟的建筑群，如今只剩下遗址和大片草地。天渐渐暗了，沿着遗址的外围，点满了蜡烛，暮色中只见点点火光。二千五百年前，佛陀有二十几年的时间待在这里讲经说法。千年，也不过是弹指之间。

我在想，要是你能放个假，你想去肯尼亚吗？

每年十月,是肯尼亚野生动物大迁徙的季节。这时,坦桑尼亚塞伦盖地国家公园进入旱季,过百万头的黑尾牛羚、斑马、瞪羚、长颈鹿、水牛群和大象群越过马拉河,往南朝肯尼亚的马赛马拉公园追逐丰美的水草。狮子、花豹、鬣狗、鳄鱼这些肉食动物也追逐而来,蠢蠢欲动。

老王和小方五年前去看过,他们说很壮观,可我不确定有没有粉红色的长颈鹿。你会想去看吗? 要是你来,到时我在肯尼亚跟你会合。

浩山

二〇〇九年八月二日

我最亲爱的浩山：

我想去！我想去！我想去！你能等我吗？我愿意再做几次化疗，我会乖乖吃那些该死的药丸。我今天问医生，我可不可以去肯尼亚？医生望着我，眼神好像在说：

"就凭你现在这副身子？"

然后我说，无论再做多少次化疗我也愿意。

他看看我，说："那你真的是很想去。"

我会威胁医生（或者色诱？），总之我会不惜一切得到他的允许，把我送上往肯尼亚的飞机。

我今天上网找了很多资料，肯尼亚是人类起源的摇篮。

每年的渡河行动，长达两个月。两个月里，一千五百平方公里大的马塞马拉国家公园全被占领。草原上尽是牛羚,车子开来开去,也还是看到这些大大小小的绵延不绝的牛羚群。

还有位于内罗毕西北方的纳古鲁湖国家公园,我们也会去那儿的吧?这段时间,湖面全是粉红色的红鹤群或鹈鹕、鹬等等和一百多种不同的水鸟聚居。百万计的红鹤拍翅齐飞时染红了天际。除了红鹤之外,那里还有非洲珍贵的白犀牛、花豹、长颈鹿和狒狒。

你一定要等我。

星

二〇〇九年八月十八日

这具借来的肉身，从不属于我们，所爱的，也终将离散。可是，明明知道了无常，却又那么难以割舍。是不是因为无法放下心中的痴爱贪欲？

亲爱的星：

今天到了拘尸那罗，这儿是佛陀的涅槃地。

佛陀说法四十五年，到了八十岁那年，佛陀身体染了疾病，自知将在三个月内涅槃。这时，佛陀从二百八十公里以外的吠舍离往西北方向出发，步履蹒跚，一路走走停停，来到拘尸那罗的娑罗树林间，就在这里入灭。

随侍佛陀的阿难见佛陀病重，心里十分难过和不舍，佛陀对哭泣的阿难说："万法自性仍归于寂灭，有生必有死，我的肉体怎能永存呢？我的生命，也必须循着自然法性而归于灭。"

这具借来的肉身，从不属于我们，所爱的，也终将离散。可是,明明知道了无常,却又那么难以割舍。是不是因为无法放下心中的痴爱贪欲?

西藏有句谚语说:"明天,或下辈子,你永远不知道哪个会先到来。"

有些话,我不想等到下辈子才跟你说。

星,我一直都爱你。两年前,满以为跑到那么远的地方就能够忘记你。然而,在陌生的土地上,无数的夜晚,唯一放不下的是你。一度以为我已经放下了,重又在信上看到你,思念就像没有边际。

能把你认出来的你的标记不在你身上,而是在我眼里。岁月不会磨灭你在我心中的容颜。我怎么忘得了呢?

期待在肯尼亚跟你见面。

浩山

二〇〇九年八月十八日

所爱的，终将离散，是这样吗？真的是这样吗？但是，曾经的深情，永不流逝。轮回是苦，却也是幸福的啊！因为还可以再见到上辈子深深爱着的人。

亲爱的浩山：

爱我有那么难么？要走那么远的路才知道心里依然爱着我。

忘记我真的有那么难么？你这是男人对一个女人最大的恭维。我太爱你了。

我知道你一直都爱我。我怎么会不知道呢？女人不会感觉不到男人对她的爱，否则，她也太笨了。我才没那么笨。

你终于肯把我的标记告诉我了。原来是在你眼里，难怪我猜不着。可是，把我的容颜留在记忆里就好了。我现在的样子一点都不漂亮，连头发也有药丸的味儿，不怎么好闻。

我们在这段日子通信，是否也是命运巧妙的安排？

我突然明白，你这个小喇嘛是来度我的。你用爱来度我。

要不是你，我不会想要信仰你所信仰的，我不会去碰那些佛经。那么，当我生病的时候，我也无法学着明白有生必有死，我的肉体怎能永存呢？

所爱的，终将离散，是这样吗？真的是这样吗？但是，曾经的深情，永不流逝。

轮回是苦，却也是幸福的啊！因为还可以再见到上辈子深深爱着的人。

"明天，或下辈子，你永远不知道哪个会先到来。"我希望是明天。我希望明天就像《一千零一夜》的童话，永远没有尽头。要是必须有尽头，你会在那儿等我。

爱你的星

二〇〇九年八月二十七日

191

上百万头牛羚开始横渡马拉河，彼此挣扎践踏，死伤无数，成了河中鳄鱼群的盛宴。

亲爱的浩山：

今天又看了一些数据。

每年九月开始的野生动物大迁徙，长达两个多月，上百万头牛羚开始横渡马拉河，几经践踏的河岸变成烂泥地，走在后面的牛羚陷进泥泞无法前进，更后面的拥上来，彼此挣扎践踏，死伤无数，成了河中鳄鱼群的盛宴。

阵亡或是途中因生产而死的牛羚往往任由风干，成为狮子的大餐。它们的牺牲，造就了族类的生存。那片河岸是它们的墓冢。

这就是大自然的法则。

读到这里，我突然觉得很难过。但我还是想去一趟啊。

星

二〇〇九年八月三十日

我一直以为自己很坚强，也许我只是愤怒吧？我才没那么勇敢。我只是不肯承认我害怕。

亲爱的浩山：

今天又要到医院做化疗了。我问医生，这些化疗为什么没完没了？医生很幽默地对我说：

"你不是说无论再做多少次化疗也愿意的吗？你还想不想去肯尼亚？"

"当然要去。"我噘噘嘴说。

我发觉，医生跟以前不一样了，他最近对我很温柔，总是哄着我。他会不会是被我的勇气感动了？他也许会颁给我一个"最受欢迎癌症病人奖"呢。

还是他觉得对不起我？当初为什么要心软，答应让我留着乳房？现在拿掉，也许已经太迟了。

这不是他的错，是我执意要跟我美丽的乳房同生共死。

熊猫和旺旺刚刚走了，是我骗她们说我很累，我要睡觉了。等她们走了，剩下我一个人，我就可以给你写信，写多长都可以。

可是，这一刻，我却不知道写什么。我一直以为自己很坚强，也许我只是愤怒吧？我才没那么勇敢。我只是不肯承认我害怕。今天晚上，我害怕了，我的手在发抖。我好孤单，好想你回来。我想念我们一起走过的童年和青春，这一切，如今都成了乡愁，却是回不去的乡愁。

我们坐在海边石级上数过的那些星星，也都已经坠落了吧？

这一年多以来给你写信，明明觉得天涯咫尺，而今竟又觉得你离我很远。我将要去的那个地方，不像你去的非洲，也不像印度和尼泊尔，这些地方都可以在地图上找到。

要是可以，我多么想搂着你大哭一场，我多么想对你承认我的软弱。我多么希望，陪着我的是你。

干吗要那么乐观？干吗要明白聚散的无常？我还很年

轻啊！我还想跟你去肯尼亚,想和你一起去更多的地方。
是不是已经不可能了?

                                    爱你的星

                              二○○九年九月三日

人生的好滋味，是不需要花大钱的。能够和喜欢的人一起吃饭，或是吃到心爱的人为你做的菜，那就是生命里最难忘的美味。

亲爱的浩山：

今天太疯狂了！熊猫跟旺旺和我，一大早就出去血拼，买了很多东西。买东西真的会让人快乐啊！比起那些可恶的化疗更有效。我觉得我现在看起来容光焕发。

我们三个人在H&M买的衣服、鞋子和饰物，加起来竟然有五十二件。在Zara买的那些，还没算进去呢。

我也买了一台我一直想要的折叠脚踏车。脚踏车是台湾制造的，车身是白色的，椅垫和把手裹上深棕色的皮革，只需要十秒钟就可以折叠起来，提着走路。虽然不便宜，我还是任性地把它买下来。

熊猫说：

"我们今天实在是败家!"

可是,她败得很高兴啊。光是袜子,她就买了十二双,我不知道她买那么多的袜子干吗。

旺旺买了很多棉衣和牛仔裤,她说,这些都没法自己做。

你知道吗?今年流行非洲风呢。我买了一条豹纹围巾、一串木珠项链、一个蛇皮包包、一袭印染的鲜绿色吊带长裙和一双露趾的楔形跟鞋。鞋子的脚背上带着红色羽毛、木头珠子、绿松石和皮制的流苏,看上去很麻辣。我准备去肯尼亚的时候穿。

血拼完之后,我们去 Cova 吃地球上最好吃的开心果冰淇淋。

然后,我们去公园骑脚踏车。熊猫骑脚踏车骑得很棒。她骄傲地说:

"骑脚踏车有什么难的?我以前都骑脚踏车上学和上班。"

本来我们打算去吃晚饭,但我很累了,决定回家睡一会儿。等我醒来,熊猫和旺旺已经悄悄煮好了晚饭。看来我这个师傅还是不错的呀。

熊猫给我煮了皮蛋瘦肉粥。她说：

"小时每次我生病，爸爸都煮这个粥给我吃。"

旺旺给我煮的是暖的椰子水。

"小时我生病，爸爸都煮这个给我喝。"旺旺说。

"生病为什么会喝椰子水哦？而且还是暖的。"我咕哝着说。暖的椰子水，味道怪怪的呢。

"我也不知道，可能因为那时我们住在台南，台南有很多椰子树。"

小时，每次我生病，父亲煮给我的是雪菜火鸭丝焖米，因为我喜欢吃米粉。有时他也会煮皮蛋瘦肉粥。

人生的好滋味，是不需要花大钱的。能够和喜欢的人一起吃饭，或是吃到心爱的人为你做的菜，那就是生命里最难忘的美味。

你是不是还在拘尸那罗？真想让你看看我漂亮的脚踏车，它现在就放在我的床边，我随时都可以伸手摸到。熊猫说我疯了，脚踏车为什么放在床边，不放在客厅里？因为，我不知道可以骑到什么时候啊。不能骑的时候，我会想念它。

　　快两年没见了，我很想你。你什么时候回来陪我骑脚踏车？我累了，好想把脸贴在你背上，做你的乘客。

　　　　　　　　　　　　　　　　　爱你的星

　　　　　　　　　　　　　　　二〇〇九年九月十二日

这辈子和你一起享用的筵席太短暂了，下辈子说不定会长些。是有不散的筵席，到时候，我们杯酒尽欢。

亲爱的浩山：

熊猫常常挂在嘴边的那句："冬天来寞了，春天在哪个塌塌啊？"如今听起来竟觉得难过。明年春天的时候，我还在吗？

不知道我是否能够熬过接下来的化疗。下一次睡着之后，说不定再也不会醒过来了。我决定先把信写好。

我好像病得很重，也许不能和你一起到肯尼亚看那一场壮观的动物大迁徙。我太笨了，怎么会没有粉红色的长颈鹿呢？当一只步履优雅的长颈鹿走在落日余晖之下，那个身影，不就是一片瑰丽的粉红色吗？

要是你看到这封信，就是说我已经暂时离开这场筵席。不要为我悲伤，我们会在下一场筵席重聚。

这辈子和你一起享用的筵席太短暂了，下辈子说不定会长些。

是有不散的筵席，到时候，我们杯酒尽欢。

母亲留给我的那封信上说，每一片良辰美景，总会有尽头。

一树繁花落尽，明年又会再开出新的花来。就像你说的，缘分是永不流逝的飨宴。

这一年多以来我们通信的日子是那么的幸福，我心里一直害怕，终于见到面的时候，是不是也会幸福？如今永远也没有答案了。这样也好。

过去这一年多，隔着遥遥远远的天涯，我和你反而比从前任何一个时候更亲密。我很庆幸我有写，天知道我多么想继续写。

在人间，是你来度我。在冥界，又是谁为我摆渡？

要是我们今生无缘再见，下辈子，或许我是那个黑皮肤的非洲女孩，像爱玛，眼睛又圆又大，睫毛又长又弯，一头小卷毛，陪你在那片遥远的土地上看日出日落，夜里仰望苍穹,跟你一起数着漫天的繁星,问你,中国有多大? 香港有多大? 香港的太阳跟非洲的太阳是一样的吗? 月亮是一样的吗? 星星也是一样的吗?

我为什么会觉得这一幕似曾相识? 时间没有古今,没有去来,两千五百年只是朝夕之间。许多许多年前,是否我和你也曾相遇,擦身而过,当时依依回首,从此留下了牵绊?

这辈子的时光,多么像大梦一场。做梦时,梦是真的,一觉醒来,梦是泡影。凡所有相,皆是虚妄,而我已释然。

来生的来生,当你走在非洲漫长孤单的旅途上,抬头看到一颗闪亮的星星,是我跨越时间的茫茫大海来看你。

舍不得你,舍不得熊猫和旺旺,也舍不得老姑姑。为什么明明好像已经了悟人生的虚空无常,当要放手的时候,一切却又变得那么难舍?

永远爱你的星

二〇〇九年九月二十三日

后记

这部小说,一路写来,有太多的感想,不知道从何说起。故事结束了,但是,熊猫、旺旺、夏如星、老姑姑和李浩山,好像都成了我的好朋友,甚至是家人;在铜锣湾景隆街也好像真的有一家"老爸麻辣锅",卖的锅底醇厚绵长。也许要再过一些时日,这些人物和故事才会在我记忆里慢慢退场。

常常有人问我,为什么喜欢写爱情的题材。每个人都难免有偏爱的东西吧? 对于人生里爱情的那部分,我永远怀着一颗好奇的心。我一直想知道,是不是懂得爱,也就懂得人生? 还是要懂得人生,才懂得爱?

这几年,人生的历练不同了,关注的事情不同了,追寻的东西也改变了。选择书信体这么原始的沟通方式来写这本书,是想更直接表达我心中的追寻与向往。故事虽然是子虚乌有,却也是我走过的一段心路。一个人的作品,总是离不开他的脚步。

近年学佛,解决了我心中长久以来的许多疑问,也使我对人生的虚空无常有更多的领悟。生命的无常并不是苦的,相反,正如浩山和如星说的,我们为生而有限而努力,我们也为无限而努力。人因为无常而学会珍惜。

这几年,我也经历了亲人的离世,看到父亲曾经年轻的脚步走成了佝偻蹒跚的身影。我们每一个人都要老去。亲情并不总是幸福的,却让我们更深刻地了悟人生。爱情的伤痛,也使我们了知单纯踏实的美好。

天下是没有不散的筵席,也是有不散的筵席。我希望有一天能够认识故事里的夏家三姊妹,熊猫做我的朋友,旺旺帮我打毛衣;我也希望能够吃到夏如星做的麻辣锅和咸鸡蛋。

这几年,开通了部落格,我也先后去过北京、上海、杭州、成都、西安、台北和台东,使我有机会更了解内地和台湾的女孩子。香港是个特殊的城市,无论是从台湾往大陆,或是从大陆往台湾,常常要经过香港这个中转站。我想象我是静静地坐在机场候机楼的一角,看到许多不同的脸孔在我面前经过或是偶尔停留,许多故事在这里上演。这也是我写这本书的缘起,三个分别来自四川、台湾和香港的女孩,她们年纪相近,是姊妹,也是朋友,面对人生的甜酸苦辣、面对爱情和亲情的抉择,尽管是住在不同的城市,长大的背景也不一样,她们还是有许多相似的地方。

结局写完了,我心里一直在想,浩山会读到如星写给他的最后一封信吗?要是他读到这封信,那就是说,癌病已经把如星带走了。对于浩山,这会是多大的折磨与痛苦?也夹杂着悔恨。所爱的,终将离散,是这样吗?抑或,还有一封未写的信?

这一点,就留给读者去想象吧。一本书最好的结局往往不在作者手里,而是在读者心中。每个人都有自己向往的一个结局。

这篇后记,也是我写给这本书和这本书的读者的一封信。

每一片良辰美景，总会有尽头。每一本书，也总会有读完的一天。写书和读书的，都好像参加了一场筵席。唯愿我们也曾杯酒尽欢。

张小娴

二〇一〇年七月二十九日

图书在版编目(CIP)数据

我的爱如此麻辣/张小娴著. —北京:人民文学出版社,2019
ISBN 978-7-02-015398-5

Ⅰ.①我… Ⅱ.①张… Ⅲ.①长篇小说—中国—当代 Ⅳ.①I247.5

中国版本图书馆CIP数据核字(2019)第154357号

责任编辑　赵　萍　涂俊杰
责任印制　苏文强

出版发行　人民文学出版社
社　　址　北京市朝内大街166号
邮政编码　100705
网　　址　http://www.rw-cn.com

印　　刷　三河市延风印装有限公司
经　　销　全国新华书店等

字　　数　94千字
开　　本　787毫米×1092毫米　1/32
印　　张　6.5　插页1
版　　次　2019年9月北京第1版
印　　次　2019年9月第1次印刷

书　　号　978-7-02-015398-5
定　　价　33.00元